潜入、諸国廻り

鬼の首を奪(と)れ

倉阪鬼一郎

徳間書店

目次

主な登場人物

飛川角之進　諸国悪党取締出役、通称諸国廻り。旗本の三男坊として育ったが、実は将軍家斉の御落胤。柳生新陰流の遣い手で、将棋は負けなし。料理屋で修業し、団子坂で料理屋「あまから屋」を開くが、出自ゆえに小藩の藩主をつとめたこともある。

おみつ　角之進の妻。湯島の湯屋の娘だったが、左近の養女となり、嫁ぐ。

王之進　角之進とおみつの息子。

飛川主膳　角之進の養父。

布津　主膳の妻。角之進の養母。

春日野左近　諸国廻りの補佐役。角之進の古くからの友。

草吉　角之進の手下。忍びの心得がある。

林　忠英　若年寄。

大鳥居大乗　宮司。幕府の影御用をつとめ、諸国廻りへ指示を出す。

徳川家斉　江戸幕府第十一代征夷大将軍。角之進の実父。

喜四郎　角之進の料理の弟弟子。妻とその弟の大助とともに「あまから屋」を切り盛りしている。

おはな　喜四郎の妻。

阿諏訪伊豆守直忠　陸中閉伊藩主。

嵩地弾正　同筆頭家老。

阿諏訪正嗣　同次席家老。

古知屋掃部　藩主の遠縁の武家。

慈然　西明寺住職。

心敬　山寺住職。

第一章　江戸出航

一

角之進は目を覚ました。

ずっと何か気がかりな夢を見ていた。

えたいの知れないものと戦う夢だ。敵はいまだかつて遭遇したことがないほど恐ろしいものだった。

だが……。

それが何であったか、果たしていかなる経緯だったか、鮮明に思い出すことはできなかった。

角之進は半身を起こした。眠りは短くても足りる。

「うーむ……」

軽く首を振り、息をつく。

その気配を察して、女房のおみつも目を覚ました。

「おはようございます」

いくらか眠そうな声で、おみつが告げた。

「起こしてしまったか」

角之進が気づかった。

「いえ……目が覚めました」

おみつは笑みを浮かべた。

「いよいよだな」

角之進も笑みを返した。

「ええ。あっという間でしたね」

おみつが言った。

「すまぬな。たった十日の休みで」

角之進はわびた。

「致し方ありません。お役目ですから」

おみつは穏やかな顔つきで言った。

「起きるか」

角之進は立ち上がり、大きな伸びをした。

一人息子の王之進はまだ寝息を立てている。

その顔をこうして見ていられるのも今日までだ。

支度をして、往かねばならぬ。

「よしっ」

角之進は帯を一つぽんとたたいて気合を入れた。

「では、みなで朝餉を」

おみつも着替えの支度を始めた。

「そうだな。出帆に遅れるわけにはいかぬゆえ」

角之進は白い歯を見せた。

二

飛川角之進は風変わりな役目に就いている。

正式には諸国悪党取締出役、通称は諸国廻りだ。

関八州を廻る関東取締出役、すなわち八州廻りはいくたりもいる。火付盗賊改方出役も、鬼平と恐れられた長谷川平蔵を筆頭に数多い。

さりながら、諸国廻りはいまのところ飛川角之進だけだ。しかも、正史に名をとどめる御役ではない。

諸国廻りの役目は、いたって分かりやすい。日の本じゅうを廻り、もろもろの悪党を退治するのだ。江戸の御府内を縄張りとする町方や、関八州を廻る八州廻りなどより、はるかに持ち場は広い。

補佐役は春日野左近という男だった。角之進とは切っても切れない仲の相棒だ。

もう一人、草吉という忍びの者がつなぎ役などをつとめている。これまた角之進とはむかしからの縁だ。このほかに、角之進と幕府とのつなぎ役を父の飛川主膳が担っている。

ただし、諸国廻りの上役は若年寄の林忠英だった。将軍徳川家斉の寵臣の若年寄が角之進の上役であるのは、故のないことではない。諸国を廻っているときに正体を明かしたりはしないが、実は、角之進は将軍家斉の御落胤なのだった。

鷹狩りの途次、鄙にもまれな小町娘に春情を催した若き日の家斉が産ませた子が角之進だ。その出自を隠し、御庭番の家系の飛川家に預けられた角之進は、やがておのれの出生の秘密を知り、波瀾万丈の紆余曲折を経て諸国廻りの大役に就いた。

さらに、影御用の宮司も諸国廻りの陣営に加わっている。大鳥居大乗はいまだ少壮だが、その見立てには信が置ける。

このたびも、みちのくの一角に怪しい雲が漂っているという大鳥居宮司の見立てがあったがゆえに、これから諸国廻りが乗り出すところだった。

乗り出すと言っても、遠く離れたみちのくまで馬を乗り継いで参るわけではない。それだとむやみに時がかかってしまう。

諸国廻りの足をつとめているのは、大坂の浪花屋という廻船問屋の船だった。瀬戸内の海賊に浪花屋の塩廻船がやられてしまうという一件があった。その敵を討つべく乗り出した諸国廻りと縁ができ、その後、千都丸という菱垣廻船に乗って江戸までやってきた。

東廻りの菱垣廻船は、江戸で荷下ろしをしてからまたみちのくへ旅立つ。仙台へ古着などを運んだあと、蝦夷地の昆布をふんだんに運び入れ、松前船と同じ航路で進み、能登や瀬戸内などを経てまた大坂に戻っていく。

諸国廻りの次なる目的地はみちのくの小藩だ。ひとまず近くの海域までは千都丸に同乗する手はずになった。

　江戸での荷下ろしと荷積みにはおおよそ十日かかる。そのあいだ、角之進は家族と水入らずの時を過ごした。

　その短い休みの時が終わった。

　いよいよ、今日は旅立ちの日だ。

三

「では、吉報を待っておるぞ」

　飛川家の門口で、父の主膳が言った。

「はっ」

　角之進は背筋を伸ばして答えた。

「諸国廻りここにあり、という働きを示してまいれ」

　父が激励する。

「つとめてまいります」

　角之進が一礼した。

「おのれを信じて、焦らず事に当たりなさい」

母の布津が穏やかな面持ちで言った。

産みの母ではないにもかかわらず、つねに角之進を慈しみ、人生の折々に励ましの言葉を与えてくれるたった一人の大切な母だ。

「肝に銘じておきます、母上」

角之進は引き締まった表情で答えた。

「ご無理をなさらぬように」

最後に、おみつが言った。

王之進を脇に立たせた見送りだ。

「ああ、つとめを果たして、必ず帰ってくる」

角之進のまなざしに力がこもった。

そうだ。帰らねばならぬ。

つとめを果たし、おのれを待ってくれている家族のもとへ必ず帰らねばならぬ。

角之進は思いを新たにした。

「では、父上にごあいさつなさい」

おみつがうながした。

もとは町場の湯屋の娘だが、刎頸の友の春日野左近の養女というかたちになり、正式には武家風に「光」と名乗っている。いまはまぎれもない武家の母親の顔だ。

「行ってらっしゃいまし、父上」

初めは眠そうだった王之進だが、しっかりした声で言った。

「おお、行ってくるぞ。母上とともに待っておれ」

角之進はわが子の頭に手をやった。

なかなかに離しがたかったが、そろそろ行かねばならない。

「では」

思いをこめて一礼すると、角之進はきびすを返した。

小者の草吉が荷を担いで続く。

「しっかり働いてこい」

「気をつけて」

両親の声が背に響いた。

角之進は途中で一度だけ振り向いた。

家族はまだ見送ってくれていた。

そちらのほうへさっと右手を挙げると、角之進はまた歩きだした。

四

船着き場には富田屋仁左衛門の姿があった。

江戸の菱垣廻船問屋で、浪花屋の後ろ盾と言ってもいい男だ。

大坂から菱垣廻船が江戸に到着しても、千石船をそのまま岸に着けることはできない。荷は小舟に移し替え、蔵に蓄えてから各所に廻される。そのあたりの差配を一手に引き受けているのが菱垣廻船問屋だ。

「おお、これは飛川さま」

最後の荷積みを見守っていた富田屋のあるじが気づいた。

「ご苦労さまでございます」

番頭の富蔵が頭を下げる。

「世話になる」

角之進は引き締まった顔つきで答えた。

「千都丸の船頭さんやおもだった船乗りたちは、もうあちらへ」

仁左衛門が沖のほうを手で示した。

まだ帆を張ってはいないが、堂々たる構えの菱垣廻船の姿が遠くに見えた。浪花屋が威信をかけて建造した千都丸だ。

「そうか。おれは左近を待たねばならぬ」

角之進は言った。

「お役目、ご苦労さまでございます。日の本じゅう、津々浦々が縄張りとは、いちばん大変なお役目でございますな」

仁左衛門は世辞まじりに持ち上げた。

「なに、日の本じゅうのうまいものを食えるのだから、諸国廻りはいちばん得な役目かもしれぬぞ」

半ば本気で角之進は言った。

「はは、飛川さまは料理屋もやられている食通でございますからな」

富田屋のあるじが笑みを浮かべた。

「いや、おれのあまから屋は、もはや料理屋か甘味処か分からぬような見世になってしもうたので」

角之進は答えた。

あまから屋は団子坂にのれんを出している。もとは角之進とおみつが切り盛りしていた見世だ。

毎日、数をかぎって出す昼の膳が終わると、あまから屋は短い中休みを経て二幕目に入る。

紅絹色に「あま」、深縹に「から」。二枚ののれんが出ている風変わりな構えだ。「から」ではうまい酒と肴が出るが、「あま」は甘味処で、習いごと帰りの娘たちの笑い声が心地よく響く。江戸広しといえどもこんな見世は二つとないから、かわら版だねになったほどだった。

「それでも、ずいぶんと繁盛しているというおうわさで」

仁左衛門が笑みを浮かべる。

「何よりでございます」

番頭も和す。

「良き弟子に恵まれたものでな。人の縁がうまくつながってくれた」

角之進も笑顔で答えた。

料理の弟弟子の喜四郎と女房のおはな。おはなの弟の大助とその新妻のおかや。二組の若い夫婦が気張って切り盛りをしているから、あきないはいたって順調のようだ。

「手前どももあやかりたいものです」

富田屋のあるじが言った。

「あきないは順調ではないのか」

角之進が訊く。

「菱垣廻船はだいぶ前から樽廻船に圧されておりますので。みな、気張ってはいるのですが」

「いかんともしがたいところもございまして」

富田屋の主従はいくらかあいまいな顔つきで答えた。

菱垣廻船はなりが大きいゆえ、荷の積み下ろしにとにかく手間がかかる。船を安定させるための油などの下荷の調達もひと苦労だ。

その点、樽廻船は小回りが利く。もろもろの事情もあり、文政のいまの世で菱垣廻船には昔日の面影はなかった。菱垣廻船を有する廻船問屋も、江戸の後ろ盾の菱垣廻船問屋も、ひとたび船が沈んだりしたらもうのれんを下ろさざるをえないところまで追いこまれている。

「諸国廻りの足代わりをつとめる手間賃は大したものではないが、まだまだ気張ってもらわねば」

角之進は笑みを浮かべた。

「諸国廻りさまに取り立てていただいたのを追い風にいたしませんと」

帆船になぞらえて、富田屋のあるじは答えた。

「お、来たな」

角之進は右手を挙げた。

向こうから懐手をして、悠然と春日野左近が歩いてきた。

五

「お達者で」

岸から富田屋仁左衛門と番頭の富蔵が手を振った。

「行ってくるぞ」

角之進は答えた。

諸国廻りを乗せた小舟は、だんだんに岸を離れていった。

「またいつか、江戸の土を踏めるかのう」

左近がいくらか声を落として言った。

「このたびも長い旅になりそうだからな」

小舟に揺られながら、角之進が言った。

「みちのくの敵を斃して、さっと戻れれば良いがな」

と、左近。

「みちのくは雪が深い。悪者退治に時がかかれば、雪に閉ざされてしまうことも考えておかねばならぬ」

角之進は腕組みをした。

「雪が積もるまでに敵を一掃できれば、それに越したことはないがな」

左近が言った。

「仙台藩の湊に着き次第、わたくしが探りにまいりましょうか」

小舟の端のほうに控えていた草吉が言った。

なにぶんおのれの気を殺しているから、口を開いて初めてそこにいたことに気づかされたりする。

「いや、その先の陸中閉伊藩に最も近い湊から行ったほうが早かろう」

角之進は腕組みをした。

「荒浜などの仙台藩の湊から陸路だと、いかにおまえでもそれなりにかかるだろう」

左近も言う。

「承知しました。では、最寄りの湊に着き次第、わたくしが先発で探りを入れてまいります」

忍びの心得がある小者は表情を変えずに言った。

「頼むぞ」

角之進の声に力がこもった。

ほどなく、菱垣廻船の姿が大きくなった。

「ご苦労さまでございます」

船頭の巳之作のよく通る声が響いた。

「おう」

諸国廻りは短く答えて右手を挙げた。

六

「またこれから世話になる」

角之進は船乗りたちに言った。

「気張っていきまひょ」

船頭の巳之作が言った。

「おう、ひとまずは仙台藩の湊までだ」

角之進が答えた。

「さーっと行きますんで」

親仁（水主長）の寅三が軽い調子で言ったから、千都丸に笑いがわいた。

「よっしゃ、船出や。錨を上げるで」

船頭の声が高くなった。

「おう」

「出船日和や」

「持ち場につけ」

勇ましい声が菱垣廻船のほうぼうで響いた。

ほどなく、廻船問屋浪花屋が誇る菱垣廻船、千都丸は無事出航した。

帆が風を孕む。

東廻りの航路は剣呑なところもあるが、船頭の巳之作を筆頭に、鍛えの入った船乗りばかりだ。

初めのうちは、波はわりかた穏やかだった。

角之進と左近は甲板に出て、今後の見通しについて話をした。

「大鳥居宮司の見立てによると、陸中閉伊藩を覆っている怪しい雲は容易ならぬものらしい」

角之進が言った。

「藩主は病を理由に参勤交代にも応じない。ことによると、すでに身罷っているのかもしれぬな」

甲板で茶碗酒を呑みながら、左近が言った。

つまみはするめだけだ。釣れた魚をさばいて刺身にしたり、浜鍋にしたりするのは航海の楽しみの一つだが、まだ出航したばかりだ。

「身罷ったものの、後継ぎをだれにするか容易に決まらぬ。よって、藩主がまだ生きていると装っているわけだな」

と、角之進。

「そう考えれば平仄は合うのだが、それほどまでに怪しい雲にはならぬかと」

左近は首をかしげた。

「たしかに」

角之進はうなずいてから続けた。

「藩主の死を隠し、まだ生きているかのように藩ぐるみでふるまい、後継ぎが決まった時点で公にする。さような例はこれまでもあったはずだ。大乗宮司が眉間にしわを寄せるほどの怪しい暗雲につながるとはとても思えぬ」

角之進はそう言って行く手の空を見た。

さきほどまで晴れていたのに、黒々とした雲が近づいてきている。

風も出てきた。

甲板にいると、天候の移り変わりは肌で感じる。

「まあ、そのあたりは行ってみるしかないな」

左近はそう言って残りの酒を呑み干した。

「そうだな。仙台の先まで行けば、またいろいろなことが耳に入ってくるやもしれぬ」

角之進は引き締まった表情で答えた。

「草吉もいるからな」

左近が笑みを浮かべた。

「そうだ。千都丸に乗っているあいだは、まだ出番は先だろう」

角之進はまた行く手を見た。

黒い雲はあっという間に近づいてきた。

「雨、降ってきますで」

楫取（航海長）の丑松が言った。

前の楫取は多助だったが、体を悪くして療養中につき、補佐役の片表だった丑松が昇格している。

「そうだな。下りるか」

角之進が言った。

「うむ。ざあっと来ぬうちに逃げよう」

左近が徳利と茶碗をつかんだ。

諸国廻りとその相棒は、甲板から船の中に入った。

それからほどなく、激しい雨が打ちつけてきた。

角之進たちは危ういところで難を免れた。

第二章　釜石まで

一

東廻り航路には難所が多い。

まず、房総(ぼうそう)半島をぐるりと廻り、銚子(ちょうし)沖を通るところが剣呑(けんのん)だ。

しばしば海が荒れるし、沖へ流されて岸を離れると、思わぬところまで流されてしまいかねない。

角之進(かくのしん)を乗せた千都丸(せんとまる)も、ずいぶんと荒波にもまれた。

陸(おか)で剣を振るえば無敵の角之進と左近(さこん)も、船の中では勝手が違う。船倉にこもってじっとしているしかなかった。

もう一人、これが初めての航海になる若い炊(かしき)も近くで休んでいた。

名を三平（さんぺい）という。

泉州（せんしゅう）から浪花屋（なにわ）に奉公に来た、まだわらべの面影（おもかげ）が残る若者は、荒れた海にやられて蒼（あお）い顔をしていた。

「遠州灘（えんしゅうなだ）でも荒れたが、ここも難儀（なんぎ）だな」

角之進が気づかって声をかけた。

「へえ……胃の腑（ふ）がからっぽで」

三平は腹に手をやって答えた。

「おれでも吐（は）きそうになったくらいだからな」

と、角之進。

「そうやってつらい思いをしながら、ひとかどの船乗りになっていくんだ」

左近もさとすように言った。

「へい、辛抱（しんぼう）で」

半（なか）ば涙目で、若い炊は答えた。

「そうだ。何があっても辛抱だな」

わが身にも言い聞かせるように、角之進は言った。

銚子の岬は首尾よく曲がれたが、その先の鹿島灘（かしまなだ）もなかなかの難所だ。

とにかく風が強い。うっかり岸から離れる流れに乗ってしまうと剣呑で、難破や漂流の危険と隣り合わせだった。

さりながら、浪花屋の船乗りたちは、船頭の巳之作を筆頭につわものぞろいだ。巧みに菱垣廻船を操って、無事難所を越えて那珂湊に着いた。

「次は荒浜まで寄りまへんさかい、ひと晩うまいもんでも食うてきてくださいまし、飛川さま」

親仁（水主長）の寅三が言った。

「それは望むところだ」

角之進は白い歯を見せた。

二

那珂湊は舟運の要衝の一つだ。

江戸とみちのくを結ぶ東廻り航路の寄港地であるばかりでなく、那珂川の河口の湊でもあった。海からも川からも物資が豊富に届く。繁栄する湊では酒や醬油や味噌などの醸造業が数多く営まれ、その羽振りの良さは水戸の城下を上回るほどだった。

そんな繁華な湊には、地の料理を食わせる見世があった。

明日の船出は早い。ゆっくりしているうちに海が荒れ、船に戻れなくなったりしたら事だから、ひとまず腹ごしらえだけしてまた小舟で戻ることにした。

「ここにするか」

左近がのれんを指さした。

「そうだな。あれこれ迷っている暇はない」

角之進は答えた。

ふらりと飛びこんだ見世の土間では、地元の漁師とおぼしい者たちが車座になって酒盛りをしていた。見慣れぬ二人の武家に胡散臭そうな一瞥をくれる。

「お、座敷があるな」

角之進は手で示した。

「いらっしゃいまし」

おかみが愛想よく声をかけた。

「腹ごしらえに来た。何ができる」

角之進は口早に問うた。

「具だくさんのつけけんちん蕎麦に、鰯の梅つみれ汁とご飯がついた膳はいかがでしようか」

おかみは如才（じょさい）なく答えた。

「ただのつみれじゃないんだな」

左近がそう言って腰を下ろした。

「梅干しをたたいたのが入ってるから、臭みがねえべ」

「うんめえから食うべや」

ほかの客が言う。

「なら、その膳を二つ」

角之進は指を二本立てた。

「それと、酒だ」

と、左近。

「肴（さかな）はあんきもがあります」

厨（くりや）からあるじが声をかけた。

「おお、それはいいな」

「もらうぞ」

二人の声がそろった。

先に酒と肴が運ばれてきた。

「ここいらは鮟鱇（あんこう）がよく揚（あ）がるからな」

あんきも、すなわち鮟鱇の肝（きも）をさっそく食した角之進がいくらか目を細くした。

「海の恵（めぐ）みだ。うまい」

左近も和す。

ほどなく、膳も来た。

「お待たせいたしました」

おかみが盆を置いた。

「おう、本当に具だくさんだな」

角之進が身を乗り出した。

「ざる蕎麦を具入りのあたたかいつゆにつけて食すわけだ」

左近が言った。

「さようでございます。茸（きのこ）と野菜がたっぷり入っていますので。どうぞごゆっくり」

おかみは笑顔（えがお）で一礼した。

「なるほど、こうやって食う蕎麦もうまいもんだな」

角之進が感心の面持（おもも）ちで言った。

「こしが残るからな」

と、左近。

「里芋がうまいぞ」

「人参も味が濃い」

二人の箸は止まらなかった。

飯はいくらか硬めだったが、香の物が盛りだくさんでうまかった。ことに沢庵は里の香りがした。

「いわしのつみれもうまい。これはあまから屋で教えなければ」

角之進は笑みを浮かべた。

「つとめを果たさねば戻れぬぞ」

左近が言う。

「そうだな……長い旅だ」

いささか感慨深げに角之進は答えた。

「何にせよ、これで力になった」

左近が猪口の酒を呑み干す。

「戻ったら、また航海だ」

角之進はそう言うと、椀の残りを胃の腑に落とした。

三

勿来の沖も難所だが、首尾よく切り抜けた。

「荒浜で荷をだいぶ下ろしますんで」

寅三が船倉へ下りて告げた。

「仙台の城下へ運ぶんだな」

角之進が問う。

「へえ。残りは石巻で」

寅三は答えた。

仙台藩には三つの湊があった。

まずはこれから立ち寄る荒浜だ。

阿武隈川の河口に開けた湊で、仙台藩や天領の福島から運ばれる米の積み出しで栄えていた。

次は寒風沢だ。こちらは仙台の外港になる。

最後が石巻だ。伊達政宗が掘削を命じた北上川の湊からも、さまざまな品が運ばれていく。

千都丸は滞りなく荒浜に着いた。

角之進と左近、それに草吉も荷下ろしを手伝った。

「諸国廻りさまにそんなことをやらせるわけには」

船頭の巳之作はあわてて止めたが、角之進は意に介さなかった。

「ずっと船倉にいたら体がなまるからな」

古着の荷を運びながら、角之進は笑って言った。

「さほど重くもないし」

身を動かしながら、左近も言う。

古着の大半を占めているのは綿入れだ。みちのくはこれから秋が深まり、冬に至る。江戸に比べれば、はるかに寒い。あたたかな綿入れが重宝されるから、古着であってもそれなりの値がつく。

ひと仕事終えた船乗りたちは、湊の飯屋で腹ごしらえをした。どの湊で何を食すか、船乗りたちはそれを楽しみにつらい航海に耐えている。

角之進たちも同行することになった。

「何がうまいんだ？」

角之進がたずねた。

「ここは北寄貝がうまいんで」

「丼もうまいし、焼いたのも美味ですわ」

千都丸の船乗りたちが答えた。

さっそく食してみると、評判どおりのうまさだった。

「こりこりしていてうまいな」

角之進は笑みを浮かべた。

「日の本の津々浦々にうまいものがあるわけだ」

左近も感に堪えたように言った。

「みちのくから蝦夷地にかけては、海の幸がうまいんで」

「季が合うたら、ホヤとかもうまいでっせ」

船乗りたちが言う。

「山の中はどうだ。陸中閉伊藩のうまい料理に心当たりがあるか」

角之進は軽く問うた。

「さあ、どやろ」

賄の梅助が首をひねった。船の三役に数えられる事務長だ。

「猪とか出るのとちゃいますか」

碇捌の善次郎が言った。

「山の中だからな」

と、角之進。

「まあ、行ってのお楽しみだな。そんな余裕があるかどうかは分からぬが」

左近はそう言って酒を呑み干した。

その言葉を聞いた角之進の脳裏を、さだかならぬ暗い影がさっとかすめた。

四

荒浜で荷を半分あまり下ろした菱垣廻船は、次の目的地の石巻に向かった。幸い、風向きが良く、さほど揺られることもなかった。

「どうだ、慣れたか？」

甲板に出た角之進は、干物を干していた炊の三平にたずねた。

「へえ、もう酔わんようになりました」

初航海の若者は笑みを浮かべた。

「そうか。それは良かったな」

角之進は白い歯を見せた。

「気張ってやってますんで」

三平はいい顔つきで答えた。

「おう、気張れ」

角之進は軽く右手を挙げた。

滞りなく、石巻に着いた。

陸中閉伊藩へ赴（おもむ）くのに最寄りとなる湊は釜石（かまいし）だ。千都丸は寄港しないから、角之進たちだけ小舟で離れることになる。

「ゆっくりできるのはここだけですさかい、うまいもんを食うてきておくれやっしゃ」

親仁の寅三が言った。

「そのつもりだ」

角之進は笑って答えた。

石巻は栄（さか）えた湊だ。のれんを出している見世は多く、さてどこに入るか、目移りがするほどだった。

角之進と左近が入った見世は、存外に奥行きがあった。すでにいくたりも先客がいる。小上がりの座敷などはなく、土間に茣蓙（ござ）が敷かれているだけだった。

「何ができる？」

角之進はおかみにたずねた。

訛（なま）りがきつくてなかなか聞き取れなかったが、どうやら「つゆはっと」という料理がおすすめらしい。

「刺身もできるか？」

今度は左近が問うた。

「できるっちゃ」

おかみはすぐさま答えた。

まず酒と刺身が来た。

酒は上方（かみがた）でうまいものを呑んでいたので舌が肥（こ）えている。どうも芳（かんば）しい味ではなかったが、刺身は活（い）きが良くてどれもうまかった。

ややあって、つゆはっとという謎の料理が運ばれてきた。

「上州（じょうしゅう）のおっきりこみみたいだな」

角之進が言った。

「小麦粉を薄く伸ばしたものが入ってるんだな」

と、左近。

「それに椎茸や蒟蒻や人参や油揚げが入っている」

角之進は箸を動かした。

「うん、醤油味でとろみがついていてうまい」

諸国廻りは満足げに言った。

なぜ「はっと」という名なのか、あとでおかみに訊いた。例によって聞き取るのに苦労したが、こればっかり食って米をつくらなくなっては困るから殿様がご法度にしたところからその名がついたらしい。つゆを張って食すから「つゆはっと」で、「はっと汁」と呼ぶところもあるようだ。

奥の一団はしきりに話をしていた。どうやら北上川の上流から物資を運んできた者たちらしい。

その言葉が、角之進の耳に切れ切れに響いてきた。

……あのあたりは、もどもど鬼の棲み処だべさ……

角之進は耳を澄ませた。

鬼の棲み処とは聞き捨てならない。

「どうした？」

左近が問うた。

角之進は黙って唇の前に指を一本立てた。

ややあって、また声が聞こえてきた。

……むかしの殿様が鬼を蹴散らしたんだべ。だども……

そこで声が低くなった。

奥の客の言葉は、それきり聞き取ることができなかった。

五

石巻を出た千都丸は三陸の海を北上した。

いくつもの岬を迂回せねばならないから、ここもなかなかの難所だ。

陸に沿って船を走らせることができればそれに越したことはないが、三陸の地形ではなかなかに難しい。むやみに遠回りになってしまうし、座礁の恐れもつきまとう。そこで、沖に出て岬をやり過ごすのだが、折悪しくそこで海が荒れたら容易に前へ進まなくなってしまう。

それどころか、沖へ流されたら事だ。しかも、海を走っているのはおのれたちの船ばかりではない。東廻り航路は宮古のほうから下ってくる船もある。ゆめゆめ衝突したりせぬように気をつけなければならない。

それやこれやで、気の休まる暇がなかったが、諸国廻りの一行を乗せた千都丸はようやく釜石の湊に着いた。

釜石は天然の良港だ。古くから豪族が住み着き、江戸期には南部藩の所領となった。陸中閉伊藩はここから陸路をたどり、険しい山を越えなければならない。

当初はいま少し手前で小舟を出し、角之進たちだけ陸中閉伊藩へ向かうという手はずだったのだが、たしかに線で結べば近いものの難儀をするかもしれない。小舟を捨て置かねばならないのも癪だ。それなら、釜石まで千都丸に乗り、やや遠回りだが街道を進むのが得策だろうという話になった。

「よっしゃ、やっと入れそうや」

船頭の巳之作の声が弾んだ。

「よし、行くで」

「終いにしくじらんようにせえ」

船乗りたちの声が響く。

「おう」

「しっかり気張れ」

浪花屋の海の男たちがそれぞれの持ち場でてきぱきと動いた。

ややあって、千都丸は無事、釜石の湊に碇を下ろした。

「別れの宴でもやりまひょか」

陸に上がる前に、寅三が水を向けた。

「そうだな。今日は釜石に泊まるのがいいだろう」

角之進は空をちらりと見てから答えた。

「道案内も頼んでおかねばならぬしな」

左近も言う。

「いずれにせよ、焦って釜石を出たら途中で日が暮れてしまいそうだ」

と、角之進。

「なら、どこぞでうまいもんを食ってからで」

寅三が笑みを浮かべた。

六

宴の前に、角之進たちは湊の番所に顔を出した。

番所に詰めていた南部藩の役人は、諸国廻りの役目をにわかには呑みこめないようだった。

それどころか、胡散臭げなまなざしで見る。ありもしないお役目を騙っているのではないかという疑いの目だ。

「あれを見せてやれ、角之進」

左近がうながした。

「うむ」

角之進は脇差の柄を示した。

「諸国廻りとは、畏れ多くも上様に代わり、諸国を廻って悪党を退治するお役目なり。

さよう心得よ」

いささか芝居がかった口調で告げると、役人の顔つきがさっと変わった。

むろん、御落胤であることはみだりに明かせるものではないが、角之進がただならぬ者であるのは脇差の柄に刻まれた葵の御紋で察しがつく。

「わ、わだすは……そ、それは失礼なこどを」

役人は急にへどもどしながら言った。

「一つ頼みがある」

角之進は表情をやわらげて言った。

「今夜は釜石に泊まり、明日、陸中閉伊藩に向かう。ついては、しかるべき道案内を頼みたい。むろん、手間賃は出す」

「陸中閉伊へ向かう道筋にくわしく、足腰が達者な者がいい」

左近も言い添えた。

「浜屋という宿に泊まっている。道案内が見つかったら、宿へ来させてくれ」

角之進は告げた。

「承知しました」

役人は深々と頭を下げた。

旅籠に戻る前に、草吉と打ち合わせをした。

忍びの者はひと足早く陸中閉伊藩に向かい、藩内の様子を探ることになった。

「釜石から陸中閉伊へ向かう街道は一つだけのようだ。何かあったら戻って伝えてくれ」

角之進は言った。

「はい」

草吉は表情を変えずに答えた。

「おまえの足なら、かなり探れるだろう。できれば暗雲の源を突き止めてくれ」

角之進の声に力がこもった。

「はっ。では」

草吉はすぐさま動いた。

さほどの速足には見えぬのに、見る見るうちに遠ざかっていく。さすがは忍びの足運びだ。

「あとは道案内だな」

角之進は言った。

「旅籠でうまいものを食いながら待つか」

左近が白い歯を見せた。

七

浜屋の広い座敷からは湊が見えた。

帆を下ろしているとはいえ、菱垣廻船の威容はあたりを睥睨しているかのようだった。

千都丸の船乗りと諸国廻りの一行は、ここで宴を開いた。さほど構えたものではないが、角之進たちの送りの宴だ。

「ここまで世話になったな」

角之進は船頭の巳之作に言った。

「なんの。おれらは諸国廻りの足ですさかいに」

海の男の日焼けした顔がほころぶ。

「またぐるっと回って大坂へ戻りますんで」

「蝦夷地の昆布をぎょうさん運んでな」

「北前船に早変わりや」

浪花屋の船乗りたちはもうだいぶ酒が入っていた。

料理はまず刺身だ。活きのいい魚は刺身にかぎる。

海の幸ばかりでなく、山の幸もあった。ことに、裏手の山で採れた松茸の天麩羅はとろけるような美味だった。

「おっ、うまそうなもんが来たで」

賄の梅助が声をあげた。

「どんこ鍋でがんす」

あるじが笑みを浮かべて大鍋を置いた。

「どんことは？」

角之進が問うた。

「地の魚だっちゃ」

もう一つの鍋を運んできたおかみが答えた。

三陸でよく獲れるエゾイソアイナメをどんこと呼ぶ。旬は冬だが、秋口でもそれなりにはうまい。人参や蒟蒻や葱や里芋や豆腐とともにぶつ切りの身を味噌仕立てのつゆで煮るとほっこりした味に仕上がる。

「海山の幸がぎゅっと詰まった鍋だな」

取り分けたものを食しながら、角之進は笑みを浮かべた。

「航海の疲れも忘れますわ」

巳之作が破顔一笑する。

「なんぼでも胃の腑に入るで」

「飯も欲しいな」

「ほな、頼んでくるわ」

碇捌の善次郎がさっと立ち上がった。

ほどなく、おかみがお櫃を運んできた。

ただし、一人だけではなかった。見知らぬ若者の姿もあった。

「諸国廻りさまの道案内に来た者でがんす」

若者は緊張の面持ちで告げた。

「おう、おれが諸国廻りだ」

角之進がさっと右手を挙げた。

八

若者の名は善助だった。

陸中閉伊から釜石まで、湊の荷役の出稼ぎに来ていたという話だから、道案内役としてはうってつけだ。

「頼むぞ。まあ呑め」

角之進は道案内に酒をついだ。

「へえ、こりゃすまんこどで」

その名のとおりの善良さが顔ににじみ出ている若者が、恐縮しながら受けた。

さっそくだが、どんこ鍋をつつきながら、陸中閉伊藩についていろいろ訊いた。みちのくの者らしく善助は口が重いほうだったが、分かることについては包み隠さず答えてくれた。

それによると、南部藩から分かれた小藩の陸中閉伊藩は、代々阿諏訪（あすわ）家の殿様が支配してきた。さりながら、いまの殿様は長患い（ながわずら）いということで、参勤交代にも応じずに山城（やまじろ）に籠（こも）っているらしい。

「参勤に応ずべしという上様からの書状を携（たずさ）えてきた。それを藩主に渡すことが、このたびの役目の眼目になる」

角之進は言った。

書状は何より大切なものゆえ、船倉の櫃に入れて慎重（しんちょう）に運んできた。いざというときまで、これからは諸国廻りが背に負うた嚢に入れて運ぶ。

「藩主は本当に病なのか？」

左近が問うた。

「さあ……」

善助は首をひねった。

「まあ、そのあたりは行ってみてからだな。遠慮せずに食え」

角之進は箸が進んでいない道案内に言った。

「へえ」

善助の表情がやっとやわらいだ。

どんこ鍋の次には、ひっつみ汁が出た。

ひっつみ、は水団と同じ要領でつくる。これに里の野菜や豆腐や蒟蒻がふんだんに入る。

「精をつけておかねばのう」

角之進はそう言って箸を動かした。

「おまえの里ではどんなものがごちそうだ？」

左近が道案内に訊いた。

「しし鍋なんぞが」

善助が少し思案してから答えた。

「猪か」

「へえ」

道案内がうなずいた。

「そりゃ楽しみだ」

角之進が白い歯を見せた。

出された料理をすべて平らげ、酒も呑んだ。

宴はそろそろ終わりだ。

「なら、明日の朝、旅籠の前でお見送りしますさかいに」

巳之作が言った。

「おう、頼む。おれらは山のほうへ船出だ」

角之進がそう言ったから、浪花屋の船乗りたちがどっとわいた。

第三章　鬼伝説の地

一

翌朝――。

浜屋の朝餉を食べた一行は、旅籠の前で別れ、それぞれの道へ進むことになった。

「名残惜しいが、蝦夷地はまたいずれだ」

角之進が言った。

「千都丸も大日丸も、まだまだなんぼでも航海しますさかいに」

船頭の巳之作が笑みを浮かべた。

「そのときは頼む。昆布を積んだ船にも乗ってみたいからな」

と、角之進。

「ぐるっと廻って、越後とか越中とか能登とか若狭とかいろいろ寄りますよってに」

巳之作が答える。

「行く先々の料理がうまそうだ」

角之進は白い歯を見せた。

「次の楽しみに取っておこう」

左近も和す。

その後ろには、道案内の善助も荷を背負って控えていた。

「ほな、気ィつけて」

親仁の寅三が声をかけた。

「おう、そっちもな。また大坂にも行くから」

角之進は答えた。

「気張っておくれやす」

「日の本でたった一人の諸国廻りはんやさかいに」

「大したもんやで」

船乗りたちが口々に言う。

なかには涙を流している者もいた。

ことにわんわん泣いていたのは、炊の三平だった。

「達者で過ごせ」

若い船乗りに向かって、角之進は言った。

「またな」

左近も声をかける。

「へえ……」

袖で目をぬぐって、三平は答えた。

「ほな、さいならで」

船頭が右手を挙げた。

「おう、気張ってくれ」

角之進は気の入った声で答えた。

二

釜石から陸中閉伊に至るには、険しい峠を二つ越えなければならない。

遠野なら仙人峠だけで済む。

と言っても、これだけでも険しい峠だ。標高は九百メートル近く、越えるのに難儀をする。

名の由来には諸説ある。えたいの知れない仙人が住み着いていたとも、麓の鉱山で金を掘っていた千人の鉱夫が生き埋めになったからだとも言われるが、さだかでない。

仙人峠を越え、一里（約四キロメートル）ほど進むと、分かれ道に出る。遠野へ行く道と、陸中閉伊へ向かう道だ。

遠野は南部氏の城下町として栄えている。当主は盛岡に詰めているため、居城の鍋島城では城代家老を筆頭とする家臣たちが政務に当たっていた。

遠野と仙台藩に挟まれるように、山間の小藩、陸中閉伊藩がある。そこへ至るためには、もう一つ峠を越えねばならなかった。

名を影盗峠という。

仙人峠ほど高くはないが、道が細いところや坂が急なところもあるため、こちらのほうが難儀かもしれない。

「穏やかならぬ名だが、何か由来はあるのか」

山道を歩きながら、角之進は道案内にたずねた。

「旅人がこの峠を通ると、影盗みが現れると言われでるんでがんすよ」

善助が答えた。

「影盗みは、その名のとおり影を盗むのか」

角之進はさらに問うた。

「へえ」

道案内はおびえたような顔で短く答えた。

「そもそも、陸中閉伊だけ妙にぽつんと取り残されているな。なにゆえに藩政を敷けているのか」

左近が首をかしげた。

「そのあたりは、歴史をたどってもはっきりせぬところがある。いまの阿諏訪家も、どうも出自がさだかではないのだ」

角之進が答えた。

「なるほど。殿様について、民は何か言っているのか」

左近は善助に訊いた。

「はあ……」

今度は道案内が首をかしげた。

「何でもよい。知っていることを申せ」

角之進が表情をやわらげた。

「へえ……殿様のお顔を見だら、目がつぶれるど」

善助は恐ろしげに答えた。

「それは前々から言われているのか」

角之進は問うた。

「おとどしぐれえからで」

善助は答えた。

「ふむ」

角之進は腕組みをした。

陸中閉伊藩主が参勤交代に応じなくなって三年が経つ。何がなしに平仄が合うような気がしないでもない。

それとともに、あの声が妙にありありとよみがえってきた。

石巻の見世で聞いた客の声だ。

……あのあたりは、もどもど鬼の棲み処だべさ……

「あのあたり」とは、これから向かおうとしている陸中閉伊藩ではないのか。

さらに、こんな声も聞いた。

……むかしの殿様が鬼を蹴散らしたんだべ。だども……

そこから先は聞き取ることができなかった。

その殿様とは阿諏訪家のことか。そして、鬼は全きまでに一掃されたのかどうか。

角之進の胸中にさだかならぬものが渦巻きだしたとき、折あしく雨が降り出した。

「じぇじぇ」

道案内が空を見上げた。

じぇじぇとは、驚きを表す地の言葉らしい。

「峠で降られると難儀だな」

左近が舌打ちをした。

「急に降ってきた。本降りだ」

角之進が笠に手をやる。

「峠の手前の分かれ道がら、山寺へ行げるでがんす」

道案内が教えた。

「おう、ならばそこで雨宿りだ」

角之進はすぐさま言った。

「その寺は無住か？」

左近が問うた。

「和尚さんがおるでがんすよ」

善助がいくぶん表情をやわらげた。

「よし、止まねば泊めてもらおう。案内してくれ」

角之進は善助に言った。

「へい」

道案内は短く答えて歩きだした。

三

「あそこでがんす」

善助が行く手を指さした。

「おお、助かった」

角之進が言った。

「ひどい雨だったな」

左近が急ぎ足で続く。

ほどなく、諸国廻りの一行は山寺に着いた。

「降られなすったか」

そう言いながら、和尚が出てきた。

「さようでござる。しばし雨宿りをさせていただきたい」

角之進は頭を下げた。

「それは難儀なことで」

和尚は柔和な表情で両手を合わせた。

角之進たちはさほど広からぬ本堂に通された。本尊は阿弥陀如来だった。ありがたいお姿の仏様を拝み、熱い茶でのどをうるおすと、ようやく人心地がついた。

初老の和尚の名は心敬だった。かれこれ二十年近く、この山寺を護っているらしい。

角之進たちも名乗ったが、諸国廻りであることは伏せておいた。藩の役人などには告げるが、あとはみだりに明かさぬようにしている。敵はどこにどういうつながりを有しているか分からぬからだ。

「今日は止みそうにありませんな」

心敬和尚が言った。

「止まなければ、泊めていただくわけにはまいりませんか」

角之進が訊く。

「山寺ゆえ何のおもてなしもできませぬが、それでよろしければ」

どこから流れてきたのか、あまり訛りのない和尚が快く言った。

「雨をしのげればありがたいので」

角之進が笑みを浮かべた。

「世話になります」

もう泊まる気で左近が言った。

話を聞くと、雨や雪を避けてこの山寺に来る者はわりかたいるらしい。道を間違えてたどり着く者もいるようだ。

雨音を聞いているうちに日が暮れてきた。これは是非もない。ひと晩この山寺に泊めてもらうことにした。

何のもてなしもできないと口では言っていたが、夕餉には和尚の手打ちの蕎麦がふるまわれた。山間の地で米は育たないが、蕎麦なら収穫できる。これに山で採れた平茸を入れただけのあたたかい蕎麦だが、心にしみる味だった。

「陸中閉伊についてうかがいますが」

蕎麦を平らげたあと、角之進は切り出した。

「はい、何なりと」

和尚が手つきをまじえた。

「さるところで小耳に挟んだのですが、陸中閉伊はもともとは鬼の棲み処だったという話があるそうです」

角之進は思い切ってそう踏みこんだ。

その言葉を聞いて、後ろに控えていた善助が「うっ」と小さな声をあげた。

「おまえも聞いたことがあるのか」

角之進は振り向いて問うた。

「へえ」

道案内の若者がうなずいた。

「どんな話だ？」

和尚が真っ先にたずねた。

「鬼は退治されたわげじゃねえど。山の洞窟にこもって、人を退治する機をうかがってるべや」

善助は硬い顔つきで答えた。

「まことしやかにそう伝えられているわけだな」

角之進はうなずいた。

「親から何か言われたりしたのか」

左近が問う。

「悪さをすっど、鬼がさらいに来るべや、って言われてたでがんすよ」

善助は首をすくめた。

「それはどこの土地でも多かれ少なかれ言われるかもしれんがな」

角之進は慎重に言って、湯呑みの茶を少し啜った。

「子をしつけるための方便だ」

と、左近。

「ただし、当地ではそうでもないかもしれませんぞ」

心敬和尚が言った。

「と言いますと？」

角之進が湯呑みを置いた。

「実は、当寺にも書物が残っておりますが、陸中閉伊の鬼伝説には端倪すべからざるものがあるのです」

山寺の和尚は重々しく言った。

「書物が残っていると」

角之進はいくらか身を乗り出した。

「ええ。当寺の創建の由来にも関わっている書物でしてな。写本がありますのでお見せしましょう」

心敬和尚は快く言って立ち上がった。

「それはかたじけない」

諸国廻りは軽く頭を下げた。

ややあって、和尚は一冊の書物を携えて戻ってきた。

「これです」

和尚はかなりの厚さの書物を畳の上に置いた。

表紙の文字は、こう読み取ることができた。

四

根来巫女言伝（ねごろのみこのことづて）

「根来巫女とは？」

角之進がいぶかしげに問うた。

「陸中閉伊藩の奥女中をつとめていた女が乱心し、『われこそは根来巫女なり。この地にまつわる真実を明かすぞよ』とあらぬことを口走りはじめたのです。いまから五百年ほど前の話ですが」

心敬和尚は落ち着いた口調で答えた。

「紀州の根来から来たわけではないんですな」

左近が言った。

「正体のさだかならぬ根来巫女が取り憑（つ）き、真実を語るというかたちで、もと奥女中があらぬことを口走りだしたのですよ。それを書き留めたのがこの書物です」

和尚は『根来巫女言伝』を指さした。

「で、そこに鬼伝説が絡んでくるわけですね？」

角之進が話を前へ進めた。

「そのとおりです」

和尚は一つ座りなおしてから続けた。

「奥女中に取り憑いた根来巫女は、矢継ぎ早に恐るべきことを口走りました。それによると、もともと陸中閉伊は鬼の棲み処で、有史以前の太古からこの地を領していたのだそうです」

それを聞いて、角之進はつばを呑みこんだ。

やはり、「もどもど鬼の棲み処だった」のは陸中閉伊のことらしい。

「ところが、いまの阿諏訪家をはじめとする人間たちが鬼を駆逐したせいで、本来ならこの地を支配していたはずの鬼の居場所がなくなってしまったのです。鬼はやむなく山のほうへ逃げ、洞窟の奥深くに立てこもらざるをえなくなりました」

心敬和尚は妙に鬼のほうに肩入れして言った。

「それがいまに至っていると？」

左近が訊く。

「鬼はいつの日か失地を回復し、再びこの地を支配してやろうと虎視眈々と狙っているのですよ」

和尚はそう答え、茶をゆっくりと呑み干した。

「根来巫女が取り憑いた奥女中はどうなったのでしょう」

今度は角之進がたずねた。

「根来巫女は、さらにこんな予言をしました。いまは御家が藩政を牛耳っているが、やがて鬼に乗っ取られるぞよ。陸中閉伊は再び鬼の国になるぞよ、と」

そこはかとなく声色をまじえて、心敬和尚は言った。

「それは勘気に触れたのでは？」

角之進がすぐさま問うた。

「もちろんです。殿様は立腹し、根来巫女が取り憑いた奥女中を汚らわしい者としてこの地へ流したうえで磔にしたのですよ」

和尚はそう明かした。

「すると、この寺は……」

角之進は畳を指さした。

「お察しのとおりです。根来巫女が取り憑いた奥女中の菩提を弔うために建てられた寺なのです」

心敬和尚は渋く笑って告げた。

菩提を弔うとともに、悪しきものが復活しないようにと建立されたのが、この山寺だった。

五

墓ばかりでなく、『根来巫女言伝』も門外不出の秘本として納められ、代々受け継がれてきた。話を聞けば、寺が無住になりそうだったため、武州のさる寺にいた心敬和尚のもとへ陸中閉伊藩からの使者が来て、請われて当地へ赴いたということだった。

それならみちのくの訛りがないのもうなずける。

角之進はなおしばし『根来巫女言伝』をあらためた。

「『影盗みの事』か……」

章の見出しを声に出して読む。

「明日越えるのは影盗峠だな」

左近がぽつりと言った。

「鬼は影を盗むと言われております」

心敬和尚が言った。

「すると、峠で影を盗むというのは……」

善助のほうをちらりと見てから、角之進は言った。

「鬼のしわざです」

和尚はそう断言した。

「鬼に影を盗まれたら、どうなってしまうのでしょう」

左近が問うた。

「影を盗んだ鬼は、まことしやかにその人物になりすまします。そして、人を喰らうときに面を脱いで鬼の素顔を見せるのですよ」

和尚はつるりと顔をなでた。

「それは剣呑ですな」

と、角之進。

「人か鬼か見分けがつかなくなってしまうわけか」

左近が腕組みをする。

「見分ける手立ては一つだけあります」

心敬和尚は言った。

「ほう、どんな手立てでしょう」

角之進は身を乗り出した。

「影を盗んで人になりすました鬼の影は、鬼のままなんですよ」

和尚は答えた。

「なるほど。影までは欺(あざむ)けないわけですね」

角之進はうなずいた。

「そのとおりです」

心敬和尚は笑みを浮かべた。

六

雨は夜のうちに上がり、翌朝はいい天気になった。

山寺の入り口にも燦々(さんさん)と日の光が差しこんでいる。

「では、お世話になり申した」

角之進はていねいに一礼した。

「これから影盗峠を越えて陸中閉伊へ参(まい)りますので」

左近も和す。

「どうかお気をつけて」

心敬和尚が頭を下げた。

ただし、外まで見送りには出なかった。諸国廻りの一行は山寺を離れ、不吉な名を持つ峠へ向かった。

「昨日の鬼の話だが」

峠道を上りながら、左近が言った。

「ひょっとすると、同じことを考えているやもしれぬ」

角之進は答えた。

「おぬしも思い当たったか」

左近はにやりと笑った。

「参勤交代をせぬようになった藩主が人ではないと考えれば、平仄は合うからな」

角之進はいくらかあいまいな顔つきで答えた。

「鬼になってるでがんすか」

先導していた善助が振り向いて言った。

「思い過ごしだといいんだがな」

角之進は答えた。

「とすれば、諸国廻りだと名乗って居城へ赴くのは剣呑かもしれぬな」

と、左近。

「つとめがあるゆえ、いずれは乗りこまねばならぬが」

角之進はそう言って太腿（ふともも）をたたいた。

ここがいちばん厳しい上りだ。行く手の角を曲がれば視野が開けそうだった。

「ひとまずは潜入（せんにゅう）して様子を見るか」

左近が水を向けた。

「そうだな。それが良かろう」

諸国廻りはうなずいた。

「峠の先に小さな関所があるでがんす」

道案内の若者が言った。

「そこは通らねばならぬのか」

角之進が訊く。

「抜け道はあるでがんすが、険しい下り（くだ）で」

善助は答えた。

「足腰は鍛えているからな。案内してくれ」

角之進は言った。

「いよいよ潜入だな」

左近が白い歯を見せた。

第四章　城下潜入

一

道案内の善助を先頭に、心細い道を下りていく。

「滑るぞ。気をつけろ」

角之進はうしろの左近に言った。

「おう」

左近が短く答えた。

「じぇじぇ」

善助が立ち止まった。

「どうした」

角之進が問う。

「下からだれか来るでがんす」

道案内の若者が身構えた。

「代われ」

角之進が声をかけた。

「へえ」

善助は慎重に道を開けた。

左近も続く。

ほどなく、影が現れた。

「なんだ、おどかすな」

角之進の表情がやわらいだ。

「相済みません」

いつもの顔つきで答えたのは、草吉だった。

「これから城下へ行くが」

角之進は告げた。

「では、戻ります」

草吉は答えた。

「つなぎに来たのか」

左近が問うた。

「はい」

短く答えると、陸中閉伊藩の城下の様子をうかがっていた男はきびすを返した。

二

「やれやれ、こけずに済んだな」

角之進が苦笑いを浮かべた。

「剣呑な下りであった」

左近も言う。

「上りはもっど大儀でがんすよ」

善助が告げた。

「おまえの里はここから遠いのか」

角之進が訊いた。

「いんや、近くでがんす」

道案内の若者が答えた。

「ならば、ここまででよいぞ。あとはここにいる草吉にやらせるゆえ」

角之進は忍びの心得(こころえ)のある小者を手で示した。

草吉が表情を変えずにうなずく。

「そうでがんすか」

善助の表情が急に晴れた。

「里に戻って親孝行して来い」

左近が笑(え)みを浮かべる。

「へい」

善助の声に力がこもる。

「これは駄賃だ」

角之進は餞別(せんべつ)を与えた。

道案内の若者は初めこそ固辞(こじ)するしぐさをしたが、結局は嬉(うれ)しそうに受け取った。

「ならば、達者で暮らせ」

角之進は右手を挙(あ)げた。

「へい、お気をつけて」

善助が深々と一礼した。

三

川沿いにしばらく下っていくと、人家が少しずつ増えだした。

「そろそろ城下か」

角之進は草吉に問うた。

「さようです。城下と言っても、さほど広くはありませんが」

草吉は答えた。

「旅籠(はたご)などはあるか」

今度は左近がたずねた。

「あきんどが使う宿がございます。空(あ)きはあるはずです」

先に様子を探っていた者が答えた。

「では、ひとまずそこへ泊まるか」

角之進は相棒の顔を見た。

「そうだな。いかなる触れ込みで泊まろうぞ」

　左近が訊く。

「そうか、潜入であったな」

　角之進はあごに手をやった。

「諸国廻りではなく、諸国を廻る剣術指南などはどうだ」

　左近が案を出した。

「いささか苦しいが、それくらいしかないか」

と、角之進。

「間違ってもあきんどには見えぬからな」

　左近がそう言ったから、草吉があるかなきかの笑みを浮かべた。

「では、剣術指南の浪人ということにしておこう」

　角之進は肚を固めた。

「陸中閉伊藩へはふらっと足が向いたことにして、藩政についていろいろと聞き込みをすればよかろう」

　角之進が言った。

「鬼の話もな」

左近がいくらか声を落とした。

「鬼の話とは？」

草吉が問うた。

「そうだ、おまえにも伝えておかねば」

角之進は心敬和尚から聞いた話をかいつまんで伝えた。

草吉は折にふれてうなずきながら聞いていた。

「ことによると、城下の人々にも鬼がまじっているやもしれぬ」

角之進は通りの先を手で示した。

「だれが鬼か分からぬわけだな」

左近が腕組みをした。

「影を見れば分かるらしいが、日が差していなければ区別がつかぬ」

角之進はわずかに眉根を寄せた。

「難儀なことになったものだ」

と、左近。

「いずれにしましても、雪に閉ざされぬうちに乗りこんで悪しき雲を取り除きませんと」

草吉が言った。

「あまり安閑としてはいられぬわけだ」

角之進はちらりと空を見上げてからうなずいた。

「まあ、今日のところはひとまず旅籠で落ち着くことにしよう」

左近が言った。

「あそこが旅籠です」

草吉が行く手を示した。

さほど繁華ではない通りの一角に、古びた旅籠ののれんがかかっていた。

「では、参ろう」

角之進は足を速めた。

四

幸い、泊まり部屋は空いていた。

諸国廻りの一行は荷を下ろし、おかみとしばし話をした。

旅籠に内湯はないが、いくらか歩いたところに湯屋があるらしい。飯屋はあるにはあるが、料理はさほど芳しくないという話だったから、夕餉は宿で食すことにした。

「ひとまずは湯だな」

角之進が言った。

「そうしよう。何か耳に入るやもしれぬ」

左近が乗り気で言った。

「おまえはいかがする？」

角之進は草吉に問うた。

「わたくしはいま少し城下を廻ります」

草吉はすぐさま答えた。

「頼むぞ」

「はい」

話がそれで決まった。

曇天であるせいか、陸中閉伊の城下にはあまり活気が感じられなかった。

「城はどちらだ？」

あたりを見回して、角之進は言った。

「あれではないか」

左近が山のほうを指さした。

石段の先に黒い門が見える。ただし、城か寺か、ここからでは見分けがつきかねた。

「城だとしたら、難攻不落(なんこうふらく)の構えだな」

角之進が言った。

「たしかに、絶壁の山を背にしているから攻め手がなさそうだ」

左近がうなずく。

ちょうどそこへ棒手振(ぼてふ)りが通りかかった。

「つかぬことを訊く」

角之進が声をかけた。

「へえ」

棒手振りが驚いた顔つきで立ち止まった。

無理もない。角之進も左近も役者にしたいような押し出しだ。陸中閉伊の城下ではあまり見かけない。

「あそこに城門のようなものが見えるが、あれは藩主の居城か？」

角之進は石段の先の黒い門を指さした。

「へえ、さようでがんす」

棒手振りは恐る恐る答えた。

「われらは剣術指南の浪人だ。たずねたら脈はありそうか」

左近が問うた。

「さあ」

棒手振りは首をひねった。

「分かった。呼び止めてすまなかった」

角之進は早めに切り上げた。

「へえ」

棒手振りはほっとしたようにまた歩きだした。

あきなっているのは山女魚の一夜干しのようだ。

しばらく歩いたところで知り合いとおぼしい者に会った棒手振りは、声をひそめて何やら話をしていた。

角之進と左近は湯屋に入った。

江戸の湯屋に比べると貧相だが、旅の疲れを癒すことはできた。

「ひそかに見られていたな」

湯上がりに冷たい麦湯を呑みながら、角之進が小声で言った。

「われらは金剛力士（こんごうりきし）のごとき体をしているゆえ」

左近が笑みを浮かべる。

「小声で、『鬼』とか言われていたぞ」

角之進がさらに声を落とした。

「影がどうなっているか、たしかめられるやもしれぬな」

と、左近。

「それはともかく、鬼伝説は当地にまだ息づいているのだな」

角之進はそう言って麦湯を呑み干した。

「もともとは鬼の国だったと言われているらしいから、無理もなかろう」

左近が言う。

「では、戻るか。腹が減った」

角之進は腰を上げた。

「おう」

左近も麦湯を呑み干して続いた。

五

夕餉の時になった。

草吉はなおもほうぼうを廻っているらしく、姿を見せなかった。角之進と左近は心づくしの膳を食した。

「これはさっきの棒手振りの品だろうな」

角之進が指さしたのは、山女魚の一夜干しだった。

「いい塩梅に焼けておるぞ」

左近がさっそく箸をつけて言う。

「ひっつみ汁は釜石で食したものと少し違うな」

椀から箸をつけた角之進が言った。

「ひっつみは同じに見えるがな」

と、左近。

「いや、味つけが違う。これは鶏のだしかもしれぬな」

角之進はうなずいた。

同じみちのくのひっつみ汁でも、土地が変われば味も変わってくるようだ。

ほどなく、あるじとおかみが盆を運んできた。

「おっ、蕎麦か」

角之進が身を乗り出した。

「そうでがんす」

あるじが頭を下げた。

「暮坪の蕪を薬味にけらっせ」

おかみが笑顔ですすめた。

けらっせ、とは「お召し上がりください」と言っているようだ。

「暮坪の蕪か」

と、角之進。

「へえ。遠野の暮坪でだけ採れる蕪でがんすよ」

「大根よりうめえで、ぜひけらっせ」

「では、ごゆっぐり」

旅籠の二人が去ると、さっそく暮坪蕎麦を賞味した。

「おう、辛くてうまいな」

さっそく薬味をのせて味わうなり、角之進が言った。

「すっきりした辛さだ。秋刀魚の塩焼きでもうまそうだな」

左近も和す。

「きっとうまいぞ」

角之進はそう答え、わしっと蕎麦をほおばった。

太めで地黒のわしわしと嚙んで味わう蕎麦だ。嚙めば嚙むほどに蕎麦の味が伝わってくる。

「こしがあってうまい」

左近も続く。

上機嫌で暮坪蕎麦を賞味していると、音もなく草吉が戻ってきた。

夕餉は城下の飯屋で済ませてきたと言う。ほうぼうを廻り、地獄耳でさまざまなうわさを集めてきたようだ。

「藩主は重い病の床に臥しているか、すでに身罷られているという、もっぱらのうわさでした」

草吉は伝えた。

「やはりそうか」

角之進がうなずく。

「鬼のほうはどうだ」

左近が問うた。

「さあ、そこまでは」

草吉は首をかしげた。

「何にせよ、あとは城へ赴くしかなさそうだな」

角之進が言った。

「わたくしが先に忍びこんでまいりましょうか」

草吉が水を向けた。

「あの山城にか」

角之進は小者の顔を見た。

「はい」

草吉は表情を変えずにうなずいた。

「われらには無理だが、おまえならできるだろうな」

角之進もうなずく。

「餅は餅屋ゆえ」

左近が渋く笑った。

「では、さっそく夜陰に乗じて」

忍びの心得のある者はすぐさま腰を浮かせた。

「頼むぞ、草吉」

角之進の声に力がこもった。

「承知しました。では」

表情を変えずに答えると、草吉はたちまち姿を消した。

六

旅の疲れがあったのか、その晩、角之進は珍しく夢を見た。

陸中閉伊藩の山城へ赴き、藩主と面会するところだ。

懐中には上様の書状がある。これを藩主に渡し、参勤に応ずべしと説かねばならない。

角之進はいくらか緊張しながら待っていた。

ややあって、いやに調子の外れた太鼓が響き、小姓を従えた藩主が悠然と姿を現した。

角之進は目を瞠った。

現れたのは、おのれがよく知っている人物だったからだ。

「大儀じゃのう、角之進」

笑みを浮かべて言ったのは、実父でもある将軍家斉だった。

「う、上様……なにゆえここに」

角之進は問うた。

「余は将軍と陸中閉伊藩主の二役をつとめておるのだ」

家斉はそう明かした。

「は、はあ」

角之進はあいまいな返事をした。

それならば、参勤はむずかしかろう。夢の辻褄は合わぬゆえ、角之進は妙な具合に腑に落とした。

「今日は良き日和だ。外で剣術の稽古でもするか」

家斉は水を向けた。

その口調は、いつのまにか養父の飛川主膳に変わっていた。

「はっ」

角之進は家斉でもあり主膳でもある者と城の中庭で稽古をすることになった。

庭の端のほうに草吉が座っている。いつものように表情を変えない。人形のようにも見える。

「いざ」

家斉が木刀を構えた。

角之進は目を細くした。

にわかに強い日の光が差しこんできたのだ。

次の刹那(せつな)――。

角之進は愕然(がくぜん)とした。

影が見えた。

家斉の影には、二本の角(つの)が生(は)えていた。

「う、上様……」

角之進は影を木刀で示した。

「ははは、気づきよったか」

家斉は本性を現した。

「わしは鬼だ。喰(く)ろうてやる」

家斉の顔がやにわに変容(へんよう)した。

鬼になった者は、いつのまにか太刀に変わっていたものを振りかざし、いっさんに角之進のほうへ向かってきた。

「う、うわあっ」

角之進は悲鳴をあげて飛び起きた。

七

草吉は帰ってこなかった。

山城への忍び仕事は大儀そうだ。ひとたび忍びこんでも、実(じつ)を得るまでには時がかかるかもしれない。

角之進と左近は城下をさらに見廻ることにした。

旅籠のあるじとおかみに訊いたところ、町はずれに西明寺(さいみょうじ)という古刹(こさつ)があるらしい。藩主の阿諏訪(あすわ)家の菩提寺(ぼだいじ)でもある寺を、二人はたずねてみることにした。

「藩主の菩提寺なら、諸国廻りの役目を明かしてもよいかもしれぬな」

しだいに寂しくなっていく道を歩きながら、角之進は言った。

「藩の出城のごときものになっているやもしれぬぞ」

左近は慎重な構えを見せた。

「住職が鬼に乗っ取られたりしているわけか」

ゆうべ見た悪夢を思い出して、角之進は顔をしかめた。

「まあ、念のため、初めのうちは旅の浪人でよかろう」

左近が言った。

「そうだな。心得た」

角之進は刀の柄をぽんと手でたたいた。

西明寺からは山城の黒い門がかなり大きく見えた。ここから細い道を通って城へ向かう手立てもありそうだ。

「われらは旅の浪人だが、御本尊を拝ませてもらうわけにはいかぬか」

竹箒で門前を掃き清めていた若い僧に、角之進は声をかけた。

「は、はあ、しばし待ってけらっせ」

僧はいささかうろたえた様子で答えた。

ややあって、中へ通された。どうやら参拝はできるらしい。

「ようこそ当寺へ」

かなりの高齢の住職が二人を出迎え、両手を合わせた。

「剣術指南の浪人、飛川角之進と申す」

角之進が小気味よく告げた。

「同じく、春日野(かすがの)左近」

相棒も名乗る。

「住職の慈然(じねん)と申します。さ、上がってお参りを」

慈然和尚は身ぶりをまじえた。

「痛み入り申す」

「御免」

二人は本堂に上がった。

西明寺の本尊は珍しい騎龍観音(きりゅうかんのん)だった。

巧緻(こうち)に彫られた龍に乗った観音様が、毅然(きぜん)とした表情で法灯(ほうとう)をかざしている。

「ありがたいお姿を拝ませていただきました」

角之進は住職に向かって頭を下げた。

「なにゆえに龍に乗っているのでしょう」

左近がたずねた。

「観音菩薩（ぼさつ）は三十三種に応化すると言われでます。そのうちの一種で、龍に乗った観音様は雲を呼び、四方に慈雨を降らせてくださるのですよ」

慈然和尚はまた両手を合わせた。

「なるほど、ありがたいことで」

左近も観音像に向かって両手を合わせた。

「折にふれて仏様の前で護摩（ごま）を焚（た）いでおります」

和尚が告げた。

「それはご利益（りやく）がありそうですね」

角之進は笑みを浮かべた。

ここで若い僧が茶と干菓子（ひがし）を運んできた。角之進と左近は腰を据えて話を聞く構えになった。

西明寺と陸中閉伊藩の関わりは古く、跡目相続などで紛議（ふんぎ）が起こったときに仲裁役を果たしたことも一再（いっさい）ならずあったようだ。

ならば、出自（しゅつじ）を明かし、用向きを伝えてもよかろう。

角之進はそう肚を固めた。

「実を申すと、剣術指南の浪人というのは方便（ほうべん）で……」

角之進はちらりと左近のほうを見ると、座り直して続けた。

「諸国廻りという世に知られぬ役目を担（にな）っております」

そう告げると、慈然和尚は表情を変えずにうなずいた。

まるで初めから角之進たちが来るのが分かっていたかのような顔つきだった。

「このたび、陸中閉伊藩に怪しき暗雲がかかっているという見立てがあり、当地へ足を運んだ次第」

諸国廻りの役目のあらましを伝えてから、角之進は言った。

「それはそれは、お役目ご苦労さまでございます」

慈然和尚は両手を合わせた。

「さっそくながら、藩主の阿諏訪伊豆守直忠（いずのかみなおただ）は病というふれこみで、久しく参勤に応じておりませぬ。家中にて何か一大事が起きているのではないか、ただならぬ事態に陥（おちい）っているのではないかという疑念を拭（ぬぐ）い去れぬのです」

角之進は少し口早に言った。

「それは拙僧（せっそう）も気づいておりました」

慈然和尚はいくらか顔をしかめた。

「当地には鬼伝説もあると聞きましたが」

今度は左近が言った。

「伝説……いんや」

住職の口が急に重くなった。

「すると、この地をかつて鬼が支配していて、再び牛耳ろうと虎視眈々と狙っているというのは……」

角之進の言葉を、そこで慈然和尚がさえぎった。

「まことの話でしてな」

西明寺の住職はいくぶん顔をしかめて言った。

騎龍観音が見守る本堂に重苦しい気が漂った。

「書物を取ってまいりますので、しばしお待ちを」

慈然和尚はそう言って立ち上がった。

八

「また『根来巫女言伝』かな」

和尚を待っているあいだ、左近が小声で言った。

「そうかもしれぬ」

角之進はそう答えて本堂の護摩壇を見た。

ここに火が入り、密呪が唱えられれば、騎龍観音が動き出すような心地がするかもしれない。

「それにしても、鬼伝説がこれほどまでに色濃く残っているとは」

左近が言った。

「伝説ではない、と和尚は言っていたな。この地を覆うただならぬ怪しい雲を鑑みれば、平仄は合うが」

角之進は腕組みをした。

「すると、鬼どもと戦わねばならぬわけか。そんなおとぎ話めいたことが」

左近が苦笑いを浮かべたとき、住職が戻ってきた。

両手で書物を抱えている。

「お待たせを」

慈然和尚は運んできたものを本堂の床に置いた。

鬼伝説に関する書物のうちの一冊は、やはり『根来巫女言伝』だった。影盗峠の手前の山寺で説明を受けたという話を聞くと、西明寺の住職は厳しい顔つきでうなずいた。

「あの峠のあだりにも鬼が出るという話でしてな」

慈然和尚は告げた。

「もともと鬼の棲み処だったとか」

ややあいまいな顔つきで角之進は言った。

「これをご覧ください」

和尚は古い絵巻物を広げた。

朱色がいまなお鮮やかで上々の出来だ。

「洞窟から鬼が襲ってくるところですか」

左近が覗きこんで言った。

「さようです。山城のうしろは洞窟になっていで、どこまで深いのか、八幡の藪知らずみたいな按配だそうで」

慈然和尚はそう言って、絵巻物を指さした。

洞窟から鬼がわらわらと出てきて、驚きあわてた者たちが算を乱して逃げ出している場面だ。

「和尚さんは城へいらっしゃったことは？」

角之進が問うた。

「法要(ほうよう)のため、うかがったことはいぐたびか。ただし、奥のほうはどうなってるかさっぱりで」

慈然和尚は首を横に振った。

その後は陸中閉伊藩の内情についてさまざまな貴重な話を聞いた。菩提寺の住職だけあって、跡目争いなどについても和尚は精通していた。

それによると、阿諏訪家の傍流(ぼうりゅう)に当たる古知屋(こちや)家の若い当主が藩政に加わっており、英明だというもっぱらの評判だが、藩主はおのれの地位を奪(うば)いかねぬ者として遠ざけているらしい。それやこれやで、城内には不穏な気が漂っているという話だった。

「もどもどいまの殿様は剣術好みで、さまざまな流派の浪人者を召(め)しかかえては戦わせてるという話でしてな」

和尚は告げた。

「なるほど。心して赴かねばなりませんな」

角之進の声に力がこもった。

「さまざまな流派の剣士ならともかく、鬼が本当に出てきたら一大事だぞ」

左近が言う。

「そうだな……」

角之進は思案してから住職のほうを見た。

「もし万が一、鬼と遭遇したらいかがいたしましょう。勝ち目はありましょうか」

諸国廻りは問うた。

「鬼というものは……」

慈然和尚は座り直してから続けた。

「闇を餌のごときものとして生まれでくるものです。地の闇、心の闇、時の闇、さまざまな闇をぎゅっと集めて形になったのが鬼ではながろうかと、拙僧は考えでおる次第で」

「闇をぎゅっと集めて形になったものが鬼であると」

角之進はうなずいた。

「さようです。闇に打ち勝てるものは、光のみです」

慈然和尚は言った。

「光のみ」

角之進は繰り返した。

「して、その光はいずこより」

左近が身を乗り出す。

西明寺の住職はやおら両手を合わせた。

そして、本堂に響きわたる声を発した。

念彼観音力

この世を一言で正すかのような凛とした響きだった。

「彼の観音力を念ずれば、と読み下します。『観音経偈文』にはこの言葉が繰り返し現れます」

慈然和尚はそう教えた。

「念彼観音力」

諸国廻りが復唱する。

「彼の観音力を念ずれば、いかなる魔物も退散します。お経はそう教えでいます。すなわち、観音様の御心が光なのですよ」

和尚は言った。

「念彼観音力」

今度は左近が唱えた。

「窮地に陥ったとき、その一言を心の底から念じてくだされば、拙僧の耳にも届きましょう。さすれば、当寺にて護摩を焚き、せめてもの援軍を送ることもできましょう」

慈然和尚は厳しい顔つきで言った。

「承知しました」

角之進のまなざしに力がこもった。

「その節は、ぜひお力をお貸しください」

諸国廻りは僧に向かって頭を下げた。

第五章　山城へ

一

草吉(くさきち)が戻ってきたのは、翌朝のことだった。

朝餉(あさげ)を終え、角之進(かくのしん)と左近(さこん)が型稽古で汗を流しているとき、草吉は音もなく戻ってきた。

「おう、ご苦労。首尾(しゅび)は？」

角之進は刀を収めてたずねた。

「それは中で」

草吉は答えた。

「ならば、これにて」

左近も刀を収めた。

旅籠の部屋で、くわしい話を聞いた。

それによると、藩主の居室は山城と地続きになっている裏手の洞窟の中にあり、そこまで入って様子をうかがうことはできなかったようだ。

「天井裏がなければ、忍び仕事もできぬからな」

角之進は苦笑いを浮かべた。

「はい。洞窟ではいかんともしがたく」

草吉が表情を変えずに答える。

「藩主は出てこなかったのか」

左近が問うた。

「御前試合などでは姿を現すようですが、平生は洞窟の中にしつらえられた居室で過ごしているようです」

と、草吉。

「日には当たらないわけか」

角之進があごに手をやった。

「姿を見ることはできませんでした」

草吉はいくらか残念そうに言った。

「ほかはどうだ」

左近が訊く。

「城内にはいくたりも剣客がおり、日々鍛錬を行っています。御前試合は真剣勝負らしく、みな緊張の面持ちでした」

草吉はそう告げた。

「ならば、負けたら落命まであるわけか」

角之進が心持ち眉根を寄せた。

「そのようです。むろん、城内に急あらば、傭兵として戦うことに」

忍び仕事から戻ってきた者が伝えた。

「その急の源は、われらになるやもしれぬな」

左近が言った。

「いくさか」

角之進の顔つきが引き締まった。

「いずれ劣らぬ猛者ぞろいのようです。油断なきように」

草吉のまなざしが鋭くなった。

「それは心得ておる。ほかの動きはどうだ」

角之進はさらに問うた。

「藩主の遠縁に当たる古知屋掃部という武家が家中におります。若くして目付に抜擢された切れ者のようですが、勘気を被ったのかどうか、いまは洞窟の牢に幽閉されているのだとか」

草吉はそう伝えた。

「古知屋家の話は西明寺の住職から聞いた」

角之進はうなずいた。

「騎龍観音が御本尊の寺で、阿諏訪家の菩提寺だ。角之進とともに参り、さまざまな話を聞いてきた」

左近が説明した。

「鬼の絵巻物も見せてもらった。洞窟の奥には鬼が巣食っているらしい」

角之進が言った。

「ただならぬ気配は充分に伝わってまいりました。あの山城と洞窟は尋常な場所ではありません」

草吉の表情がさらに厳しくなった。

「では、明日、心して出陣だな」

角之進は張りのある声で言った。

「ここまでは潜入だったが、いよいよ正面からか」

と、左近。

「日の本にただ一人の諸国廻りとして、堂々と討ち入ろうぞ」

角之進は気の入った声を発した。

二

翌日の朝餉はいささか感慨深かった。

珍しい品が出たわけではない。相も変わらぬ山女魚の干物に、豆腐と葱の味噌汁。三度豆がついたくらいで、あとは前日と同じだった。

その変わり映えのしないところが妙に心にしみた。にわかには信じがたいが、藩主が鬼に乗っ取られているやもしれぬ山城へこれから赴かねばならない。無事、戻れるかどうかは神のみぞ知るだ。

「ただの朝餉の膳だが、味わって食わねばのう」

同じ思いだったらしく、左近もそんなことを言った。

「次はいつこのような膳を食えるかどうか分からぬからな」

角之進はそう言って、山里の味のする漬け物を口中に投じた。

支度が整った。

「まだいらっせ」

「気をつけで」

あるじとおかみに見送られて、一行は旅籠を後にした。

昨日までは重い雲に覆われ、ときには雨も降った陸中閉伊藩の城下だが、今日は日差しがあった。

「これなら影が映るな」

角之進が言った。

「鬼の影か」

左近が言う。

「洞窟から出てこないのは、影を見られぬためと考えれば、平仄が合うではないか」

角之進が答えた。

「わたくしもそう思っておりました」

先導する草吉が振り向いて言った。

角之進はうなずいただけで何も答えなかった。

しばらくは無言で歩いた。

旅籠から出たところで野菜の棒手振りとすれ違ったが、ほかに人通りはなかった。

領民が死に絶えているかのように静かだ。

「犬や猫すらおらぬな」

角之進がぽつりと言った。

「まるで疫病の後のようだ」

左近が不吉なことを口走る。

行く手の黒い城門がしだいに大きくなってきた。

「ここから上ります」

草吉が言った。

「おう」

角之進は力強い足取りで続いた。

途中から石段になった。

急な石段をものともせずに上ると、厳めしい城門が近づいた。

「何者か」

警固の二人の兵が槍を構えた。

角之進は立ち止まり、ひと呼吸おいてから告げた。

「諸国悪党取締出役、通称諸国廻り、飛川角之進と申す。陸中閉伊藩主、阿諏訪伊豆守殿に、上様の書状を届けに参った。開門せられたい」

ひときわよく通る声が響きわたった。

三

諸国廻りと聞いて門番はけげんそうな顔つきになったが、角之進が刀の柄の御紋を示すと急に態度が変わった。

ややあって、身分の高そうな武家が現れ、角之進たちは滞りなく城内へと招じ入れられた。

近づいてみると山城は難攻不落の趣で、崖にへばりつくように建っていた。

崖の高いところに、出窓のようなものが見えた。

「見張りがいるな」

角之進が指さした。

「洞窟があそこまでつづいでおるんで」

案内役の武家が自慢げに言った。

「鉄砲で狙うこともできそうだ」

左近が言う。

「ふふ」

案内役は短く笑った。

履物(はきもの)を預けて城内に入った一行は、控えの間で待つことになった。

「いよいよここからだ」

角之進は腕組みをした。

「上様の書状を携(たずさ)えてきたのだから、邪慳(じゃけん)な扱(あつか)いはされるまい」

左近が言った。

「この茶は大丈夫か」

角之進は草吉に問うた。

「はい。毒は入っておりません」

小者として同行している草吉が呑(の)みもせずに答えた。

角之進が一つうなずいてから湯呑みに手を伸ばす。少し遅れて左近も続いた。

「西明寺の和尚の言うとおり、洞窟は八幡の藪知らずのようだな」

茶でのどをうるおしてから、角之進は言った。

「見張りがいたところまで上るのは大儀そうだ」

と、左近。

「奥へ入るところには頑丈な扉がありますので、わたくしでも忍びこむのは無理でございました」

草吉が声を落として告げた。

「藩主の居室があるところだな」

角之進はなおも茶を呑んだ。

いくぶん苦みはあるが、まずくはない。

「さようです。奥へ案内されてから扉を閉められたら、もはや出るに出られぬかと」

草吉の表情がいくぶん硬くなった。

「そのあたりは注意せねば」

角之進は湯呑みを置いた。

「どいつが鬼かも分からぬからな」

左近が声をひそめて言った。

ややあって、案内役の武家が戻ってきた。

藩主は本日まで物忌みにつき、ひとまず筆頭家老が応対にあたるということだった。

小者の草吉は控えの間に居残り、角之進と補佐役の左近が面会するという段取りになった。

「では、参るか」

角之進は左近に言った。

「おう」

相棒がすっと腰を上げた。

四

「それがし、陸中閉伊藩の筆頭家老にて、嵩地弾正と申す。このたびは、お役目大儀にござる」

目に独特の光のある男が厳しい顔つきで言った。

「諸国悪党取締出役、飛川角之進と申す」

角之進は左近を手で示した。

「補佐役の春日野左近と申す」

左近が頭を下げた。

「して、わが藩にいがなる悪党が？」

筆頭家老はしれっとした顔で問うた。

見たところ、なかなかの狸のようだ。

「ただならぬ暗雲が陸中閉伊藩にかかっているというしかるべき筋の見立てがあったゆえ、遠路はるばる足を運んだ次第」

角之進はそう言うと、ふところから書状を取り出した。

「さらに」

背筋を伸ばして続ける。

「藩主の阿諏訪伊豆守殿は三年にわたって参勤に応じておらず、畏れながら上様は遺憾の意を表されておられる。その書状をばここに持参したゆえ、伊豆守殿にじきじきに渡したいと存ずるがいかがか」

角之進は重々しく告げた。

「わが殿は本日まで物忌みでございましてな」

筆頭家老は軽くいなすように言った。

「では、明日（みょうにち）に面会を」

角之進が押す。

「殿はさまざまな病（やまい）に罹（かか）られ、参勤したぐともかなわなかったのでござる。諒（りょう）とせられたい」

嵩地弾正はいくぶん高飛車に言った。

「蒲柳（ほりゅう）の質にて参勤がかなわぬのなら、しかるべき後継も思案していただかねばならぬ。ずるずると国元におられては、家名にも関わりますぞ」

角之進はそう言い返した。

「ほほう」

筆頭家老はあごに手をやってから続けた。

「ま、そのあたりは殿と相談してお返事をば」

目の光が心持ち強くなった。

「では、明日まで待たせてもらう」

角之進は言った。

「承知いたしました。ところで……」

筆頭家老は座り直した。

「暗雲の源となる悪党の正体に、あたりはついでるんでしょうかな」

嵩地弾正はいくぶん身を乗り出した。

「当地には鬼伝説が色濃く残っていると仄聞(そくぶん)した。恐らくはそのあたりが……」

「ははは、これはこれは」

筆頭家老は笑って角之進の言葉をさえぎった。

ただし、芝居がかった口調で、目だけはいささかも笑っていなかった。

「わが藩は人知れず鬼の巣窟(そうくつ)と化していだりするわけですか、ははは」

嵩地弾正は扇子(せんす)で口を覆った。

なおしばらくやり取りはあったが、筆頭家老はのらりくらりとかわすばかりだった。

埒(らち)が明かないと見た角之進は、会見を打ち切って控えの間に戻った。

五

四半刻(しはんとき)(約三十分)後――。

筆頭家老の嵩地弾正の姿は、山城の奥にあった。

藩主、阿諏訪伊豆守直忠の居室だ。

ほかに、次席家老の阿諏訪正嗣の姿もあった。藩主の甥で、まだ二十代半ばの若さだが要職に就いている。

「そうか」

筆頭家老から諸国廻りの話を聞いた藩主は、小姓に向かって盃を差し出した。

すぐさま小姓が酒をつぐ。

「ご油断召されますな。どぢらもなかなかの遣い手に見え申した」

嵩地弾正が告げた。

「面白い」

藩主は盃の酒を少し呑んでから言った。

居室は洞窟の中にしつらえられている。日の光は差しこんでこない。行灯の灯りが異貌の藩主の姿を浮かびあがらせている。

「で、いかがいたしましょう」

次席家老がいくらかひざを詰めた。

「明日は御前試合だったのう、正嗣」

藩主は甥に言った。

「はっ。浪人どもは腕を撫しております」

次席家老が答える。

「なにぶん褒賞が破格でございますからな」

筆頭家老が笑みを浮かべた。

「しかも、勝ち抜けばわが藩の重臣に抜擢される。目の色を変えて戦うことであろう。その御前試合に……」

藩主は盃を干してから続けた。

「江戸から来た二人の剣客に加わってもらおうと思う」

「なるほど、それは名案で」

筆頭家老が笑みを浮かべた。

「御前試合は真剣勝負。たとえそこで落命したとしても、だれも責められますまい」

次席家老も続く。

「おのれの腕が甘かったせいだからのう。ほほほ」

藩主は嫌な笑い方をした。

「楽しみでございますな」

嵩地弾正が言った。

「いざとなれば、わしも乗り出すぞ」

藩主は乗り気で言った。

「もはや袋の鼠ですからな、あやつらは」

と、筆頭家老。

「諸国廻りを殺めてしまえば、いぐさになりませんか」

阿諏訪正嗣が懸念を示した。

「いぐさになったらなったでええ。この城を落とせる者は日の本にはおらぬわ」

陸中閉伊藩主はそう言い放った。

「難攻不落の山城で、八幡の藪知らずの洞窟付きですからな。ぐふふふ」

嵩地弾正が含み笑いをする。

「洞窟の闇さえあれば、われらの勝ちだ」

阿諏訪伊豆守が胸を張る。

「念のために人質も取ってありますゆえ」

次席家老が笑みを浮かべた。

「古知屋掃部もそろそろわれらの仲間にならぬかのう」

藩主が言った。

「洞窟の牢に囚われても翻意せぬとはしぶといやつで」

筆頭家老が顔をしかめた。

「頭だけはいいゆえ情けをかけてやってるんじゃが、そろそろ切腹させるか」

阿諏訪伊豆守は軽く言った。

「はっ、それがよろしかろうど」

嵩地弾正が笑みを浮かべた。

「まあ何にせよ、明日が楽しみじゃな」

藩主はそう言うと、小姓に向かってまた盃を差し出した。

六

その日の夕餉は草吉に毒見をさせた。

山女魚の塩焼きに茸の天麩羅などがついた普通の膳に見えたが、念には念を入れておいた。

「あまり味がせぬな」

箸を動かしながら、角之進は顔をしかめた。

「おれもだ」

左近も苦笑いを浮かべる。

夕餉が終わるのを待ち受けていたかのように、家臣が二人入ってきた。

一人は城内へ案内してきた武家で、もう一人は次席家老の阿諏訪正嗣と名乗った。

「明日は午から御前試合が催されます。もしよろしければ、飛川様と春日野様にも加わっていただきたいと、藩主から言付かってまいりました」

若き次席家老はよどみなく言った。

「その前に、伊豆守殿に上様の書状を渡したいのだが」

角之進は厳しい顔つきで言った。

「承知しました。伝えておきます」

阿諏訪正嗣は頭を下げた。

「御前試合は真剣勝負と聞き申したが」

左近が探るようなまなざしで見た。

「腕のいい金瘡医が控えておりますので、万が一、手傷を負われでも安心でございます」

次席家老はうやうやしく言った。

「だれと戦うかはその場で決まるのか」

角之進が問うた。

「さようでございます」

阿諏訪正嗣は一礼した。

「藩主は見ているだけか」

今度は左近がたずねた。

「いや、ときには御自ら」

次席家老は剣をふるうしぐさをした。

「病で参勤にも応じぬのに、さような力はあるわけだ」

角之進は皮肉を飛ばした。

「病もさまざまでございまして」

次席家老は軽くいなした。

「では、このあだりで」

案内役が右手を挙げた。

「明日はお頼み申す」

次席家老が腰を上げた。

「楽しみにしておこう」

角之進はわずかに表情をゆるめた。

七

その晩――。

角之進はまたしても怪しい夢を見た。

洞窟の中とおぼしい場所に、意外なほど広い白州(しらす)がある。

そこが御前試合の場だ。

「飛川角之進、前へ」

声が響いた。

「はっ」

角之進は前へ進み出た。

いよいよ真剣勝負が始まる。

気を入れて敵を見て驚いた。

角之進が戦うのは、あろうことか左近だった。

「いざ」

左近は殺気をみなぎらせている。

そうか、と夢のなかの角之進は思った。

こやつは影を盗まれてしまったのだ。本当は鬼なのだ。

「始めっ」

声がかかった。

角之進はそちらを見た。

藩主とおぼしい男が、なぜか軍配を持って座っている。

ただし、その姿は尋常(じんじょう)ではなかった。

角(つの)が二本生(は)えている。

鬼だ。

「角之進、覚悟」

左近が踏みこんできた。

鬼の藩主に気を取られ、構えが遅れた。

「う、うわあっ」

角之進は絶叫した。

左近の剣は、真正面から諸国廻りを斬り裂いた。

その刹那(せつな)、角之進は飛び起きた。

背中にべっとりと嫌な汗をかいていた。

「夢か……」

角之進は息をついた。

まだあたりは暗かった。

部屋の隅のほうに、さだかならぬものがいる。

鬼がじっとうずくまり、様子をうかがっている。

そんな気がしてならなかった。

第六章　御前試合

一

翌日――。

角之進と左近は御前試合の場へ案内された。

案内役は次席家老の阿諏訪正嗣だった。

「先に上様の書状を渡したいのだが」

角之進は諸国廻りの顔で言った。

「承知しております。殿は黒書院にて、筆頭家老とともに待っておられますので」

次席家老は角之進のほうを見て答えた。

書状は紫の袱紗に包み、草吉に持たせている。ただの小者のふりをしているが、むろんふところには手裏剣をとりどりにひそませていた。

「御前試合はどこで行う？」

角之進は問うた。

「黒書院から遠からぬところの庭にて。そこが藩士たちの稽古場になっておりますので」

次席家老が答える。

「洞窟の中ではないのだな」

ゆうべの悪夢を思い出して、角之進は言った。

「洞窟？　そんなところではできませぬが」

阿諏訪正嗣はけげんそうな顔つきになった。

「下は土か？」

今度は左近がたずねた。

「いえ、玉砂利を敷き詰めてあります」

次席家老は答えた。

「素足で大丈夫か」

なおも問う。

「はい。小さい石なので。……こぢらでございます」

次席家老はうやうやしいしぐさで示した。

黒書院に着いた。

ここまで長い道のりだったが、諸国廻りはようやく陸中閉伊藩主と面会することになった。

二

「大儀でござった、飛川殿」

しかつめらしい顔で家斉からの書状に目を通していた藩主が、角之進のほうを見て言った。

「ははっ」

角之進は一礼すると、改めて阿諏訪伊豆守の顔を見た。

むろん、鬼ではない。

まぎれもない人の顔をしているが、尋常ならざる気配も感じた。

どうも目や鼻などの顔の造作が少しずつ狂っているかのように感じられる。見たことのない異貌だ。

「余も参勤したいのはやまやまなれど、脚気がひどくてのう」

藩主は大仰に太腿をたたいてみせた。

「当城は長い石段の上にございますので、あいにぐ駕籠を使えないのです」

筆頭家老の嵩地弾正が言った。

「家臣が負ぶって下りればいいだけのように思われますが」

角之進は冷ややかに言った。

「ま、そろそろ江戸も恋しぐなってきたゆえ、来年には」

阿諏訪伊豆守はそう言って、書状をたたんだ。

「ぜひとも」

角之進はまなざしに力をこめた。

本心から言っていないのは明らかだった。場を収めるために、方便としてそう言っているにすぎない。

角之進はそう見抜いた。

「では、参勤の件はこれにて」

筆頭家老がすぐさま言った。

「上様の書状をじきじきに届けたからには、もはや一年の猶予もならぬとお考えいただきたい」

角之進は重々しく言い渡した。

「それは重々。さりながら、陸中閉伊は雪深い土地でしてなあ」

阿諏訪伊豆守は顔をしかめた。

「むろん、雪が解けてからでかまいません」

角之進は答えた。

「ならば、遅い春が来てから、腰を上げるとしましょう」

藩主は話をまとめにかかった。

「江戸にてお待ちしております」

諸国廻りは答えた。

「では、そろそろ御前試合ですな」

嵩地弾正が両手を軽く打ち合わせた。

「ちなみに、いかなる剣流で？」

藩主はいくらか身を乗り出して問うた。

「それがしも左近も柳生新陰流でござる」

角之進は左近のほうを手で示して答えた。

「いたって普通の流派ですな」

少し侮るように、藩主は言った。

「尋常ならざる流派の剣士がいると?」

角之進は問うた。

「それは相対してみれば分かるはず。ほほほ」

阿諏訪伊豆守は嫌な笑い方をした。

三

御前試合の場はすでにしつらえられていた。

広間に藩主の座布団が敷かれ、麗々しい脇息が置かれている。いくらか離れたところには重臣たちの席もあった。

「ご両人はこぢらへ」

次席家老の阿諏訪正嗣が身ぶりで示した。

庭の一角に、剣士の控え所が二つあった。茣蓙が敷かれ、三方を家紋入りの白い幕で囲まれている。

「東と西から一人ずつ出て戦っていただきます」

次席家老が告げた。

「われらは同じ組だな？」

角之進はたずねた。

ゆうべの夢のことがあるので念のために問うてみたのだ。

「もぢろんでございますよ」

阿諏訪正嗣は答えた。

「おぬしと戦うわけにはいかぬだろう」

左近が笑みを浮かべる。

東には三人の剣士、片や西には一人しか端座していなかった。

してみると、西の組に入るのだろう。

太鼓が鳴った。

阿諏訪伊豆守が重臣たちと小姓を従えて広間に入ってきた。

「初めはわが藩士と、浪人の剣士が戦います。お次はどぢらに？」

次席家老がたずねた。

「では、おれが」

角之進が刀の柄(つか)を軽くたたいた。

「承知しました。では、よしなに」

次席家老は一礼して下がっていった。

角之進と左近は西の組の控え所に向かった。

「御免」

角之進は先客に向かって一礼した。

まだ若い藩士が目礼を返す。かなり緊張しているらしく、顔色が紙のように白い。

「御免」

左近も続き、茣蓙に腰を下ろした。

どん、と一つ太鼓が鳴った。

「では、これより御前試合を始める」

筆頭家老の嵩地弾正がよく通る声で言った。

「皆の者、大儀である」

陸中閉伊藩の藩主が声を発した。

諸国廻りを含む一同が礼をする。

「日頃の鍛錬の成果を見せられたい。勝ち抜いた者には褒賞を授け、藩士として取り立てるゆえ」

阿諏訪伊豆守はそう言うと、角之進のほうを見た。

「むろん、お役目でわが藩を来訪された剣士には褒賞だけで」

造作が少しずつ狂っているような顔の藩主が笑みを浮かべた。

角之進は黙ってうなずいた。

「金瘡医も控えでおるゆえ、存分に戦われたし」

筆頭家老が身ぶりで医者のほうを示した。

端のほうに控えていた白髯の医者が一礼する。

「では、一つ目の試合を始める」

筆頭家老の声が高くなった。

どどん、と太鼓が鳴り響いた。

四

「西方、陸中閉伊藩士、古知屋大膳」

次席家老が名を呼んだ。

「はっ」

若き剣士が緊張の面持ちで立ち上がった。

「東方、無双無刀流、新城三無斎」

「ははっ」

異様な黒い着物をまとった長身の男がぬっと現れた。

聞いたことがない流派だ。

藩主がやおら軍配をかざした。

「始めっ」

芝居がかったしぐさで振り下ろす。

「いざ」

古知屋大膳が抜刀した。

「おう」

新城三無斎も続く。

だが……。

無双無刀流の剣士はすぐさま異な構えになった。

半身になり、刀を後ろに隠したのだ。

角之進は身を乗り出した。

こんな構えはついぞ見たことがない。

「刀なきゆえ無刀流」

間合いを詰めながら、三無斎は言った。

「場なし、時なし、ゆえに我なし」

三無斎は妙なことを口走った。

「場なし、時なし、ゆえに我なし」

呪文のように繰り返す。

前へ踏みこもうとした古知屋大膳の動きが止まった。

やにわに見えない縄で縛(いまし)められてしまったかのようだった。

「場なし、時なし、ゆえに我なし」

三無斎は三度同じ文句を繰り返した。

いかん、と角之進は思った。

これは妖術のたぐいだ。

ひとたび言葉が脳の芯(しん)に届いてしまえば、たやすく術にかかってしまう。

しかし……。

若き剣士は功を焦った。

敵は丸腰でただ突っ立っているように見えた。斬るのはたやすい。

「きえーい」

声を発し、古知屋大膳は鋭く前へ踏みこんだ。

無双無刀流の剣士はにやりと笑った。

次の刹那――。

隠されていた剣が一閃した。

大膳の剣が振り下ろされるより一瞬早く、三無斎の剣が届いた。

それは、若き剣士の肺腑を過たず斬り裂いていた。

「うぐっ」

大膳はうめいた。

「それまで」

藩主が軍配を東に上げた。

西方の剣士はその場にがっくりとくずおれた。

「戸板！」

次席家老が声を発した。

「はっ」

家臣がわらわらと姿を現し、傷ついた剣士を戸板に乗せて運ぶ。白髯の金瘡医も続いたが、治る見込みは薄そうだった。

「ただいまの勝負、東方の勝ち」

次席家老が東のほうを手で示した。

三無斎は無言で一礼した。

五

「代わって西方より、諸国悪党取締出役（しょこくあくとうとりしまりしゅつやく）、飛川角之進殿」

次席家老は正式な役目で呼んだ。

「はっ」

角之進が立ち上がった。

左近と目が合う。

油断するな。

相棒のまなざしはそう告げていた。

「東方はいかがする。代わるか」

筆頭家老が声をかけた。

「続けてでお願い申す」

三無斎は角之進を見やってから答えた。

「一太刀だけで、疲れておらぬだろうからな」

広間から藩主が言った。

「はっ」

御前試合を勝ち抜いて褒賞と藩士の座を手に入れようとしている剣士は、引き締まった顔つきで答えた。

「柳生新陰流、飛川角之進なり」

角之進は剣を構えた。

剣の握りやひざなどに余裕を持たせ、後の先の紙一重で敵を斃すのが新陰流の極意だ。いかなる敵と対峙しても、構えを崩さず、おのれの剣を振るうことを心掛ける。

「刀なきゆえ無刀流」

間合いを詰めながら、三無斎は言った。

先ほどの試合と同じだ。

「場なし、時なし……」

相手がそこまで言ったとき、角之進は口を開いた。

「ある」

機先を制すかのような声だ。

「場はここにある。時もある。そして、おまえはここにいる」

角之進は畳みかけるように言った。

「ふっ」

三無斎は鼻で笑った。

刀は見えない。隠されたままだ。

「場なし、時なし……」

三無斎は再び言葉を発した。

「おまえはいる」

角之進は傲然と言い放って間合いを詰めた。

無刀流の剣士の表情が変わった。

「場なし……」

「黙れ」
角之進が間髪を容れずに言う。
三無斎の顔にさざ波めいたものが走った。
次の刹那――。
敵の手が動いた。
角之進は見切っていた。
隠されていた剣の動きがはっきりと見えた。
「ぬんっ」
力強く受ける。
そのまま体を寄せ、押しこんだかと思うと、角之進はすっと一歩下がった。
間合いができた。
いまだ。
角之進は鋭く剣を振り下ろした。
引き面だ。
「ぐわっ」
三無斎は声をあげた。

額が割れ、血が流れる。

「それまで」

藩主が西に軍配を上げた。

「傷は深くない。手当てをしてやれ」

角之進は告げた。

白髯の金瘡医があわてて立ち上がり、がっくりとひざをついている三無斎のもとへ向かった。

「ただいまの勝負、西方の勝ち」

次席家老の声が響いた。

六

「次は代わってくれ」

西の控え所に戻った角之進は左近に言った。

「心得た」

左近は引き締まった顔つきで答えた。

「代わって西方より、春日野左近殿」

阿諏訪正嗣が名を呼ぶ。

「おう」

左近はぬっと立ち上がった。

気合が漲（みなぎ）ったいい顔つきをしている。

角之進は控え所であぐらをかき、腕組みをして戦いを見守ることにした。

「東方より、蛇邪流（じゃじゃりゅう）、蛇邪顕正（じゃじゃけんしょう）」

またしても面妖（めんよう）な流派の剣士が登場した。

長い髪をいくつにも分けて束（たば）ねたその頭部は、まるで蛇が巣食っているかのようなさまだった。

色は浅黒く、目は炯々（けいけい）と光っている。

「へい、じゃーじゃー、へい、じゃーじゃー」

妙な掛け声を発しながら、破邪顕正（はじゃけんしょう）ならぬ蛇邪顕正は剣を動かした。

ただし、これまた尋常な動きではなかった。

剣先で玉砂利をたたきながら、蛇のようにくねくねと身を動かす。とても剣術とは思えない動きだ。

(こやつも妖術か)

角之進は眉をひそめた。

(侮るな、左近。思わぬところから剣が飛んでくるぞ)

相棒に気を送る。

角之進の読みどおりだった。

「へい、じゃーじゃー、へい、じゃーじゃー」

どこかが抜けたような掛け声を発しながらも、蛇邪流の剣士は機をうかがっていた。

やにわに剣が伸びる。

目くらましに玉砂利をたたいたかと思うと、いきなり心の臓めがけて伸びてくる。

邪悪な剣だ。

「うっ」

左近は危うくかわした。

再び間合いを取る。

(それでいい。ここは受けだ。受けつぶせ、左近)

角之進は将棋になぞらえて気を送った。

おのれが将軍の御落胤であることを知ったのはだいぶあとになってからで、それまで当人には知らされていなかったために正式な御城将棋に上がることはできなかったが、角之進は江戸では無敵の将棋指しだった。受けても攻めても存分に力を発揮する。

受けつぶしは将棋の極意の一つだ。相手に存分に攻めさせ、攻めを切らせてしまえば、あとは悠然と攻めに転じることができる。大駒に頼らない、小駒だけの攻めは切れることがない。真綿で首を絞めるように攻めてやれば、相手はそのうち戦意を喪失する。

「へい、じゃーじゃー、へい、じゃーじゃー」

蛇邪顕正はなおも挑発の動きを繰り返していた。

首を振るたびに、頭部の蛇が揺れる。それも目くらましの一つだ。

足もときおり面妖な動きをした。

前へ進んでは下がり、いきなり蛙のようにしゃがんだかと思うと、剣を思いきり突き出してくる。

一瞬たりとも目を離してはならない。邪悪極まりない剣だ。

「ていっ」

左近はまた敵の剣を振り払った。

間合いを詰め、機をうかがう。

（まだ深追いはするな。敵の攻め駒を責めろ）

角之進は念を送った。

攻め駒を責める、とは将棋独特の言い回しだ。

突入してきた敵の攻め駒の利き筋を止め、縄で縛るように責めてあわよくば取ってしまう。強者ならではの厳しい受けだ。

「へい、じゃーじゃー、へい、じゃーじゃー」

敵の掛け声に焦りの色が見えはじめた。

あと少しだ。

蛇邪顕正は秘策を次々に繰り出してきた。

わざと転んでみせ、隙をつくって攻めを誘う。

むろん、罠だ。

むやみに踏みこめば、肺腑をえぐる剣が飛んでくる。

「うひょー、うひょひょひょひょ」

奇声を発し、何事かと思わせ、次の刹那に踏みこむ。

よくこれだけの邪悪な企みを思案できるなと、いっそ感心させられるほどだった。

だが……。

その邪蛇流も左近には見切られていた。
いくたびも剣筋を見た。
さらに、疲れのせいであとひと伸びが足りなくなった。
(敵の攻めは切れてきたぞ。一気に行け)
角之進は気を送った。
(遠見の角の利き筋を活かした攻めのごとき剣を振るえば、一撃で斃せるぞ、左近)
まなざしに力がこもる。
その思いは通じた。
「へい、じゃーじゃー、へい、じゃーじゃー」
蛇邪顕正はまたしても剣を伸ばした。
左近がかわす。
そして、鋭い小手を放った。
「ぎゃっ」
邪悪な剣士は悲鳴をあげた。
左近の正しい剣は、敵の手首をものの見事に斬り裂いていた。
「それまで」

藩主の軍配はまたしても西に上がった。
蛇邪流の剣士は、斬られた手首を押さえてうずくまった。

七

ふうっ、と息をつきながら左近が戻ってきた。
角之進と目と目が合う。
(良き剣であった)
(おう。あとは任せた)
言葉はいらない。
目と目で通じ合う。
「代わって東方、乾坤一刀流、天地大一刀」
次席家老が最後に残った剣士の名を呼んだ。
「頼もう」
その名のとおり、天地が割れるような声を発して偉丈夫が立ち上がった。
岩かと見まがうほどの体軀だ。上背もある。相撲の大関だと言ってもだれも疑わないだろう。
「われこそは乾坤一刀流開祖、天地大一刀なり」
敵は高らかに名乗りを上げた。
「柳生新陰流免許皆伝、飛川角之進なり。いざ」
角之進は抜刀した。
天地大一刀も続く。
目を瞠るほど長い剣だ。
腕も長い。
（まずは、初太刀を受けねばならぬ）
角之進は気を引き締めた。
「きーえーい！」
化鳥のような声を発すると、天地大一刀は翔ぶがごとくに踏みこんできた。
まさに乾坤一擲の剣だ。
角之進は受けた。
がっ、と鈍い音が響く。
火花が散った。

「うっ」

角之進は思わずうめいた。

敵の初太刀を受けた腕から心の臓にかけて、激しい痛みが走ったのだ。常人なら、それだけで心の臓が止まり、たちどころに落命していたかもしれない。

それほどまでに恐ろしい一撃だった。

しかし……。

角之進も常ならぬ者だった。

天地大一刀の一撃必殺の剣を、見事に受け切って押し返した。

敵の顔がゆがむ。

一刀で相手を斃すことを眼目とする流派だ。案に相違して、初めの一撃で斃すことはできなかった。

それでも、大一刀は二の矢を放ってきた。

初太刀に比べればいくらか劣るが、膂力(りょりょく)にあふれた剣だ。侮ることはできない。

「ぬんっ」

気合(きあい)を発し、角之進は再び全力で受けた。

敵の息遣いを聞き、間合いを計(はか)りながら、さらに二度、三度と受けていく。

「とりゃっ」

業を煮やしたのか、天地大一刀は下段からも剣をふるってきた。

角之進はとっさに飛び退ってよけた。

ひざをえましているからこその動きだった。

新陰流の極意にはさまざまなものがあるが、ひざを「えます」のもその一つだ。

笑ますと書くのかどうかは分明ではないが、ひざにむやみに力を入れず、余裕を残すのが要諦だ。

ひざをえましていれば、いざというとき、風に吹かれた柳が自在に動くがごとき身のこなしができる。

死闘はさらに続いた。

だが……。

乾坤一刀流の開祖には少しずつ焦りの色が見えはじめていた。

額には玉の汗だ。

ときおり肩で息をつく。

角之進は刀の握りを微妙に変えた。

龍の口を開くように、親指と人差し指をやんわりと添えるように握った。

それもまた新陰流の極意だ。

ひざをえます、とも相通じる極意だった。剣をあまり強く握りすぎると、自在に振るうことができない。龍の口を開くように余裕をもって構え、いざというときにしっかり握るようにすれば、剣に魂がこもったかのような動きができる。

これまでは敵の剣を受けることに全力を注がねばならなかった。ゆえに、しっかりと剣を握って受け止めることに専念していたのだが、これでいよいよ反撃の体勢が整ってきた。

天地大一刀の動きが止まった。

明らかに攻めあぐねていた。

「いかがした」

角之進は挑発した。

大一刀の形相が変わった。

「死ねい」

大音声を発すると、乾坤一刀流の開祖は上段から剣を振るってきた。

その剣筋がはっきりと見えた。

力強いが、むやみに遠回りをする剣だ。

角之進は前へ動いた。

背を丸め、ふところに飛びこんだ。

そして、渾身の力をこめた抜き胴を放った。

一刀流の太刀が届く前に、角之進の剣は敵の肺腑を深々とえぐっていた。

「ぐえっ」

天地大一刀はうめいた。

手ごたえがあった。

剣を引き、身を離す。

岩のような偉丈夫は、血を吐きながらゆっくりと前のめりに倒れていった。

八

「それまで」

最後の軍配が西方に上がった。

戸板が運ばれてくる。

なおも血を吐いている天地大一刀が二人がかりで乗せられていったが、恐らく助かるまい。

「あっぱれ、あっぱれ」

阿諏訪伊豆守は軍配を扇のように振った。

角之進は納刀し、無言で一礼した。

「では、殿より褒賞を」

筆頭家老の嵩地弾正が言った。

小姓がさっと動き、盆を運ぶ。

盆の上に載せられているのは短刀のように見えた。

庭を照らす日差しがにわかに濃くなる。

ややあって、陸中閉伊藩主が庭に下りてきた。

「角之進……」

左近が小声で言った。

庭の後ろのほうを手で示す。

角之進は気づいた。

いつのまにか、藩士の数が増えていた。

襷(たすき)をかけ、さりげなく槍などを手にしている。ただならぬ動きだ。

襷は紅白に分かれていた。ことによると演武などが披露されるのかもしれないが、予断を許さない。

「飛川殿、前へ」

次席家老の阿諏訪正嗣が声をかけた。

「はっ」

角之進は礼をしてから、前へ一歩踏み出した。

そのとき……。

あらぬものが見えた。

角之進の視野に、まぎれもなく、それが入った。

「角之進！」

左近が叫んだ。

相棒の目にも見えたのだ。

「お、おまえは」

角之進は藩主に向かって言った。

阿諏訪伊豆守の影が目の前に伸びていた。

その頭部には、二本の角が生えていた。

第七章　攻防戦

一

「見たな」

陸中閉伊藩の藩主はにやりと笑った。

その顔が見る見るうちに変容していく。

「うわあっ」

さしもの角之進も声をあげた。

目の前に立っているのは、もはや阿諏訪伊豆守ではなかった。

その影を盗み、まことしやかに藩主に成りすましていた鬼だった。

「角之進！」

左近(さこん)が駆け寄ってきた。

「あれを見ろ」

鋭く指さす。

鬼に変化(へんげ)したのは藩主ばかりではなかった。

紅色の襷(たすき)をかけた藩士の口が裂(さ)け、目が吊(つ)り上がっている。

鬼だ。

片や、白色の襷の藩士たちは人の姿をとどめていた。どうやら家中には人と鬼が混在しているようだ。

すべて鬼になってしまったのではないとはいえ、このみちのくの小藩が鬼に牛耳(ぎゅうじ)られているのは一目瞭然(いちもくりょうぜん)だった。

「死んでもらうぞ、諸国廻(しょこくまわ)り」

鬼になった顔で、阿諏訪伊豆守が言った。

だが……。

その表情が微妙(びみょう)に変わった。

渋柿のごとき肌に変容した顔にさざ波めいたものが走ったのだ。

「殿、こちらへ」

嵩地弾正が切迫した声で告げた。

筆頭家老の顔も以前と同じではなかった。

半ば鬼になっていた。

次席家老も同じだ。すべて本性を現している。

鬼の藩主が庭から廊下へと動いた。

半ば逃れるような動きだった。

角が生えていた影も消えた。本体の顔は人ならざるさまに変わっているが、角までは生えていない。しかし、影を欺くことはできなかった。

そうか、と角之進は思った。

いま急に日差しが強くなった。その光に後ろから照らされたために、鬼の藩主は動揺し、筆頭家老が助け舟を出したのだ。

してみると、洞窟を長く棲み処としていた鬼は日の光に弱いらしい。

角之進はそう察しをつけた。

紅白の襷をかけた藩士たちも二手に分かれていた。白い人組は日の当たる庭だが、紅い鬼組は廊下に上がった。やはり日を避けているようだ。

「こやつらは狼藉者だ。成敗せよ」

鬼の藩主が軍配を振り下ろした。

藩士たちがいっせいに動く。

かくして、城内で攻防戦が始まった。

二

敵が手にしているのは剣と槍だけではなかった。

飛び道具もあった。

銃声が響く。

「うっ」

角之進はうめいた。

弾が小鬢をかすめていったのだ。

いつのまにか、塀の上に鉄砲隊が陣取り、角之進と左近を狙っていた。

だが……。

次の鉄砲は火を噴かなかった。

「ぎゃっ」

「ぐわっ」

鉄砲を構えた兵が続けざまに塀から落ちた。

その額や頭には、手裏剣が深々と突き刺さっていた。

「草吉！」

角之進が声を発した。

忍びの心得のある小者は捕まることなく、この場に姿を現して危難を救ってくれた。

「何をしておる。殺せ、殺せ」

鬼の藩主が声を張りあげた。

諸国廻りとその補佐役は、御前試合で敗れて落命したことにすればいい。陸中閉伊藩の秘密を知られたからには、生かしておくわけにはいかない。

「出あえ出あえ。殺してしまえ」

筆頭家老が叱咤する。

「はっ」

まずは庭から人組が槍を突き出してきた。

「ぬんっ」

角之進は素早く体をかわして受け、槍を小脇に抱えた。

「ていっ」

そこへ左近が斬りこむ。

槍の藩士はたちまち額を割られて絶命した。

「覚悟っ」

今度は紅い襷の鬼組が斬りこんできた。

「ぬんっ」

諸国廻りの怒りの剣が振るわれる。

袈裟懸けにされた鬼は、赤黒い血を噴き上げて斃れた。

返す刀で、べつの鬼の眉間を割る。

これもたちどころに斃れた。

鬼がいかにして人の身を乗っ取るのかは分からぬが、斬れば血を流し、落命するのは人と同じらしい。少なくとも、紅い襷のこやつらはそうだ。

ならば……。

血ぶるいをすると、角之進は次の敵に立ち向かっていった。

人か鬼か、もはやどちらでもいい。突き出されてきた槍を払い、振り下ろされてきた剣を受け、はね返して斬る。ただそれだけだ。

左近と草吉も奮戦していた。

「ぐえっ」

左近に心の臓をえぐられた鬼が絶命する。

「ぐわっ」

草吉の手裏剣が人の眉間に深々と突き刺さった。

陸中閉伊藩の兵たちは少しずつ減ってきた。

「何をしておる」

鬼と化した藩主が苛立たしげな声を発した。

「殺せ殺せ」

筆頭家老が叫んだ。

そのとき、ひときわ日の光が濃くなった。

「影だ」

阿諏訪伊豆守が指さす。

「はっ」

次席家老が素早く庭に飛び下りた。

漁師が網を引くようなしぐさをする。

角之進が振り向いたときには、阿諏訪正嗣はもう何事かをなし終えていた。

「ふふっ」

半ば鬼の顔になった次席家老が笑う。

「阿諏訪家は断絶、陸中閉伊藩は廃藩なり」

諸国廻りはそう言い渡すと、庭から廊下へ上がった。

左近と草吉も続く。

「殿！」

筆頭家老が切迫した声をあげた。

「棲み処へ戻るぞ」

鬼の藩主は答えた。

そして、さっときびすを返し、屋敷の奥へ一目散に逃げていった。

三

「待て」

角之進は追った。

その前に、またしても鬼どもが現れた。

藩主を逃がす時を稼ぐべく、捨て身の攻撃を仕掛けてくる。

「ひゃひゃひゃひゃ」

あろうことか丸腰で、両手を挙げて襲ってきた鬼がいた。

これは正面から斬り倒した。

ばっと粘り気のある血が飛び散る。

「食らえっ」

鎌を振り下ろしてきた鬼もいた。

剣と勝手が違ったが、はね返してもみ合いになった。かなり力のある鬼だ。

ここで左近が助太刀に出てくれた。

首筋を斬られた鬼はたちどころに斃れた。

「すまぬ」

角之進は短く言った。

「奥へ」

左近が剣で指し示した。

藩主に続き、二人の家老も奥へ逃げこむところだった。

鬼は光に弱い。日の当たる庭で戦いたいのはやまやまだったが、逃げこまれたからには是非もない。

「草吉」

角之進は小者に声をかけた。

「はっ」

草吉は小気味よく答えた。

「洞窟の中は分からぬか」

角之進は口早に問うた。

「あいにく分かりませぬ。そこまでは潜入しておりませぬ」

草吉も口迅に答えた。

「ならば、われらが鬼の棲み処に潜入だ」

左近がそう言って、また一人、手下を斬った。

「おう、それしかあるまい」

角之進はそう答えるなり、手下の鬼にとどめを刺した。

「ぐわっ」

鬼の口が耳まで裂け、かくかくと歯が鳴る。

鬼はそれきり前のめりに斃れて動かなくなった。

四

奥へ入るところに頑丈(がんじょう)な扉があった。

しかし、藩主と家老たちは逃げこむのに精一杯で、錠をかける暇(いとま)がなかった。

角之進たちは易々(やすやす)と山城の奥に入った。

にわかに暗くなった。

角之進は上に目をやった。

天井が高い。

いや、それはもはや木でつくられた天井ではなかった。

ここはもう洞窟の中だ。

「若さま、灯(ひ)を」

いつのまに火を熾(おこ)したのか、草吉が小ぶりの提灯(ちょうちん)を手渡してくれた。

「おう、助かる」

角之進は礼を言った。

「左近さまにも」

相棒の手にも提灯が渡った。

忍びの者は闇を苦にしない。草吉が近くにいるのは心強かった。

「奥へ入るぞ」

角之進が言った。

「おう」

左近が続いた。

藩主の居室とおぼしいところまで、暗い廊下が続いていた。

ただし、曲がりくねっている。

「うっ」

角之進はすんでのところで身をかわした。

死角になるところに潜（ひそ）んでいた鬼が鋭く短剣を突き出してきたのだ。

提灯の灯りが揺れる。

鬼は二の矢を繰り出してきた。

角之進は体勢を整え、応戦しようとした。

だが……。

いくらか勝手が違った。
おのれの身がいつもと違うような気がしてならなかった。
暗さのせいか、あるいは疲れか。いずれにせよ、思うように腕が動かなかった。
そのあいだに、左近が動いた。
脇差を抜き、心の臓に突き刺す。
鬼の口は見る見るうちに耳まで裂け、目が白くなった。
「すまぬ」
角之進は短くわびた。
そのとき……。
声が聞こえた。
遠くて聞き取りづらかったが、忍びの者の耳には言葉が届いた。
「城に囚われている者が助けを求めています」
草吉は言った。
「だれだ」
角之進は訊いた。
なおしばし耳を澄ませてから、草吉は答えた。

「藩主の遠縁に当たる古知屋掃部です」

その名は西明寺の住職からも聞いた。

若くして藩政に加わり、英明だという評判だが、藩主の勘気をこうむったのか遠ざけられているらしい。

「その者は鬼と化してはいないか？」

藩主の居室は、むろんもぬけの殻だった。さらに奥の洞窟へ逃げたようだ。

角之進はさらにたずねた。

「そこまでは分かりかねます」

草吉は答えた。

「味方なら心強いが」

と、左近。

「そうだな。敵の根城の奥へ討ち入るには、味方は多いほうがいい」

角之進は肚を固めた。

「では、声がしたほうへご案内します」

草吉が動いた。

「おう」

角之進と左近が続いた。

五

洞窟の中の牢に、若き藩士は幽閉されていた。

古知屋掃部だ。

「それがし、鬼ではございませぬ」

互いに名乗ったあと、囚われの藩士は角之進に向かって訴えた。

「なぜ藩主はそなたを囚われの身としたのだ。鬼となってしまったからには、殺めることもできたはず」

角之進は問うた。

「それがしを傀儡にせんと目論んでいるのです。参勤に応ぜずば藩を取り潰すと言われたとき、跡目を継いだ藩主として江戸へ送るつもりで」

古知屋掃部はよどみなく答えた。

「そうか。鬼は日の光を忌むからな」

角之進は得心のいった顔つきで言った。

「影は欺けぬわけか」

左近がうなずく。

「さようです。鬼の影を見られるわけにはいきませぬゆえ」

古知屋掃部は言った。

「それで、意のままにならなかったゆえ、ここに押しこめられていたわけか」

角之進が気の毒そうに言った。

「はい」

気骨ある若き武家がうなずいた。

聞けば、生まれは江戸で、藩邸で早々に人物を見抜かれたらしい。

「ならば、解き放とう」

角之進は草吉に目で合図をした。

忍びの者にとっては、錠を破ることなど造作もない。曲がった簪のような道具を巧みに用い、たちどころに開錠した。

「かたじけない」

古知屋掃部は牢を出るなり深々と一礼した。

いささかやつれてはいるが、動く分には大丈夫そうだ。

「では、ともに参ろう」

角之進が言った。

「丸腰で相済みませぬが」

牢着をまとった武家が言った。

「ならば……」

角之進は脇差を抜いた。

「これを使ってくれ。近づけば使える」

と、若き武家に渡す。

「諸国廻り様の大事な脇差を」

古知屋掃部は目を瞠った。

「礼はよい。働きで返してくれ」

角之進は白い歯を見せた。

六

した、した、した……。

洞窟に水滴の音が響く。

藩主の居室の奥へ、さらに洞窟は続いていた。

「上か、下か」

角之進は提灯をかざした。

道は徐々に細くなっていく。

ほうぼうで枝分かれしているから、どの道を選ぶか迷わされる。

「ここへ入ったことはあるか」

左近が古知屋掃部にたずねた。

「いえ、ここまでは」

若き武家が答えた。

その話し声がいやに高く響く。

「藩主が逃げこんだからには、広いところがあるはずだ」

角之進は言った。

「しっ……」

草吉が唇の前に指を一本立てた。

忍びの者の耳にだけ届く声が聞こえたらしい。

「この先に、ねぐらがあります」

草吉は声をひそめて告げた。

角之進は無言でうなずいた。

少し前までは高かった天井が低くなった。

岩がぐっと張り出してきている。なかには腰をかがめ、身を縮めなければ通れないところもあった。


した、した、した……


水滴が首筋にも滴る。

そのたびに、ぞわっとした感じが背筋に走った。

「あと少しです」

草吉が言った。

「よし、照らすぞ」

心細い提灯の灯りを頼りに、角之進は進んだ。

その行く手が、ほのかに明るくなった。

錯覚(さっかく)ではなかった。

ほかに光源(こうげん)があるのだ。

「うわ」

後ろで左近が声をあげた。

濡(ぬ)れた岩が滑(すべ)る。

「気をつけろ」

角之進が言った。

「おう」

相棒が短く答える。

それだけの会話でも、洞窟の中ではむやみに高く響いた。

広い場所へ出るところに刺客がいた。

無言で鬼が剣を突き出してきた。

草吉はさっとかわすと、鬼のはらわたを短刀でえぐった。

「死ね」

左近が居合(いあい)で斬る。

鬼の口が耳まで裂けた。

「まだいます」

後ろから古知屋掃部が言った。

角之進は瞬きをした。

いままでの隘路とは違った。また天井が高くなっている。

かなり広い場所の奥が、いくらか明るくなっていた。

龕燈めいたものが据えられている。

「阿諏訪伊豆守、いや、藩主のなりをした鬼」

角之進は奥を鋭く指さした。

「諸国廻りは日の本のいかなる悪にも立ち向かう。たとえ妖怪変化とも、魑魅魍魎とも戦う。覚悟せよ」

角之進は高らかに言い放って抜刀した。

「ふはははははは」

鬼は嗤いをもって答えた。

「では、これと戦ってみよ」

鬼の藩主の声が洞窟に響きわたった。

角之進の前に、おぼろげな一つの影が現れた。
敵は鬼ではなかった。
人の姿をしていた。
また面妖な流派の剣士か。
ならば、斬って捨てるまでだ。
角之進は前へ一歩踏み出した。
左近が提灯の灯りをかざす。
その淡い光を受けて、影が姿を現した。
顔が見えた。
それを見た刹那、諸国廻りの表情が変わった。
驚愕の色が浮かんだ。
角之進の目の前に現れたのは、もう一人の角之進だった。

第八章　念彼観音力

一

「こ、これは……」

角之進は愕然とした。

剣を構え、おのれに相対しているのは、まぎれもないおのれ、飛川角之進に相違なかった。

だが……。

左近からすぐさま声がかかった。

「何を見ている、角之進」

相棒はいぶかしげに言った。

「若さま、お気をたしかに」

草吉も切迫した声をあげた。

「おぬしらには見えぬのか。おれが、もう一人のおれが……」

角之進は剣で差し示した。

「ふははははは」

鬼の藩主が哄笑した。

「思い当だるふしはないか？」

筆頭家老が問うた。

「何か盗まれはしながったか？」

次席家老が和す。

角之進は思い当たった。

影だ。

鬼の藩主に命じられた次席家老が庭に飛び下り、網を引くようなしぐさをした。

あのとき、影を盗んだのだ。

おれは、影を盗まれてしまったのだ。

そう考えると、そこはかとなく感じていた身の異変も辻褄が合う。

「覚悟」

もう一人の角之進が剣を上段（じょうだん）に構えた。

やにわに斬りこんでくる。

「ぬんっ」

角之進はすぐさま受けて押し返した。

「だれもおらぬぞ、角之進」

左近が言う。

「若さま」

草吉の表情も珍しく変わった。

「まぼろしでございますよ」

古知屋掃部（こちやかもん）も必死の形相（ぎょうそう）で告げる。

しかし、角之進の剣はなおも動いた。

応戦しなければ斬られてしまう。

もう一人の角之進が振るう剣には、たしかな重みがあった。

「影を盗まれた者がどうなってしまうか、教えてやろう」

鬼の藩主が言った。

「どうなる」

剣を構え直し、角之進は問うた。

「鬼になるのよ」

冷ややかな声が返ってきた。

「鬼に？」

角之進は目をむいた。

「もう遅いわ。影を盗まれた者は、身の内側からだんだんに鬼になっていぐのよ。うはははははは」

鬼の藩主の哄笑が洞窟に響(ひび)きわたった。

おれが、鬼に……。

角之進の背筋を冷たいものが伝った。

二

同じころ——。
西明寺(さいみょうじ)の慈然(じねん)和尚はふと天井を見上げた。

容易ならぬ気配を察したのだ。

（いかん……）

慈然和尚の表情が変わった。

護摩を焚かねばならない。

しかし、まずは……。

西明寺の住職は本尊の前に座った。

騎龍観音だ。

ふっ、と息を一つ吐き、本尊を見ると、和尚は両手を合わせた。

読経が始まる。

観音経偈文だ。

慈然和尚は瞑目した。

そのまぶたの裏に、面影が浮かぶ。

この寺を訪れた飛川角之進の顔がありありと浮かんだ。

諸国廻りに危難が迫っている。

西明寺の住職はそう悟った。

（お目覚めくださいさい、騎龍観音さま）

和尚は念じた。

（鬼を退治すべく、山城に乗りこんだ諸国廻りの身に危難が迫っております。どうかお力をお貸しください）

心の中で念じつつ、慈然和尚はお経を唱えた。

「念彼観音力……」

ことにそのくだりを、和尚は力強く発声した。

彼の観音力を念ずれば……。

地獄の業火は消え、荒れ狂う海は静まり、怪しのものどもは退散し、牙をむく猛獣ども四散する。

観音経はそう教えている。

（諸国廻りよ、光を念じよ）

読経を続けながら、慈然和尚はさらに念を送った。

（鬼は闇の権化なり。闇に打ち勝てるのは光のみ）

西明寺の住職の読経の声が高まった。

「念彼観音力！」

その凛とした声は、騎龍観音の背に乗って、寺の外へと伝わっていくかのようだった。

三

「角之進！」

左近が叫んだ。

こんな角之進を見るのは初めてだった。

いもしない影と格闘し、脂汗（あぶらあせ）を流しながら剣を振るっている。血迷ったとしか思えない動きだ。

「若さま！」

草吉も続く。

角之進がまだおのれの出自（しゅつじ）を知らないころから付き従ってきたが、これが最大の危難のように思われた。

「どうした。おのれを斬れぬか。腰抜けめ」

鬼の藩主が嘲（あざけ）る。

「こりゃ見ものだ」

「さて、どぢらが勝ちましょうや」

二人の家老が和す。

角之進は間合いを取った。

額の汗をぬぐい、少しでも落ち着こうとした。

そのとき……。

暗かった洞窟の中に、ひとすじの光が差しこんできたかのような気がした。

あるいは、風だ。

外から……そう、外から、援軍のような風がここに吹きこんできた。

角之進は息をついた。

その刹那、思い出した。

西明寺の慈然和尚の言葉だ。

万が一、鬼と遭遇したらどうすればいいのか。勝ち目はあるのか。

角之進はそうたずねた。

万が一どころではない。ここは鬼の巣窟だ。

しかも、おのれは影を盗まれ、もう一人のおのれと戦わされている。うかうかしていると、内側から鬼と化してしまう。

「とりゃっ」

もう一人の角之進が斬りこんできた。

危うい(あや)ところで受け、押し返して間合いを取る。

角之進は記憶をたどった。

和尚はこう答えた。

鬼というものは、闇を餌(え)のごときものとして生まれてくる。さまざまな闇をぎゅっと集めて形になったのが鬼だ。

その鬼に打ち勝てるものは、光のみだ。

慈然和尚はそう教えた。

「角之進、しっかりしろ」

左近がまた声をかけた。

思い出した。

そのとき、左近はたずねた。

「して、その光はいずこより」

その問いに対する和尚の答えを、角之進ははっきりと思い出した。

「念彼観音力！」

角之進は肚の底から唱えた。

もう一人の角之進の顔がゆがむ。

「念彼観音力！」

力強く繰り返す。

和尚は教えた。

この言葉を唱えれば、すなわち、彼の観音力を念ずれば、いかなる魔物も退散する、と。

目の前に立っているもう一人のおのれ、そして、身の内からおのれを鬼に変えようとしている悪しきもの。

いずれも、立ち去れ。

われこそは日の本にただ一人の諸国廻りなり。

悪しきものの跳梁は、この飛川角之進が許さぬ。

「えいっ」

角之進は剣を振り下ろした。

邪気を祓う、裂帛のひと振りだ。

もう一人の角之進の影がふっと揺らいだ。

いまだ。

「念彼観音力！」

経文（きょうもん）を唱えると、角之進は鋭く踏みこんだ。

闇の権化たる鬼を退散させるのは光のみ。

観音の光のみ。

その力を念じるべし。

角之進は迷いなき剣を振るった。

影が消えた。

もう一人の角之進は、嘘のように消え失（う）せていた。

四

鬼の藩主の形相が変わった。

「何をしておる。息の根を止めい」

阿諏訪伊豆守（あすわいずのかみ）の身を乗っ取った鬼が軍配を振り下ろした。

にわかに羽音が響いた。

「上です」

古知屋掃部が指さした。

蝙蝠だ。

「やってしまえ」

鬼の藩主が命じた。

洞窟の天井に張りついていた蝙蝠どもは、闇の中で兵に変じ、宙返りをして地に下り立った。

「殿をお守りしろ」

黒装束に身を包み、刃物を構えている。

次席家老が言った。

「みな斬ってしまえ」

筆頭家老が声を張り上げた。

「諾」

「諾」

面妖な声を発すると、蝙蝠だった兵たちはいっせいに襲ってきた。

「ていっ」

角之進は一刀で斬って捨てた。

「とりゃっ」

左近も続く。

斬られた兵は蝙蝠の姿に戻って絶命した。

草吉と古知屋掃部は短刀を使った。

臆(おく)せず踏みこんではらわたをえぐると、蝙蝠だった兵たちは次々に斃(たお)れていった。

「この日の本に鬼の棲(す)み処(か)はない」

角之進は一気呵成(いっきかせい)に斬りこんだ。

「う、うわあっ」

次席家老だった鬼が狼狽(ろうばい)する。

「覚悟せよ」

諸国廻りは剣を振り下ろした。

阿諏訪正嗣(まさつぐ)だった者の首はたちどころに宙に舞った。

「何をしておる。殺せ」

鬼の藩主は奥の玉座から立ち上がった。

「はっ」

嵩地弾正が変じた鬼が太刀を振るってきた。

がしっ、と角之進が受ける。

「おまえは鬼だ。影をなくした鬼だ」

後ろで鬼の藩主が言った。

「違う」

筆頭家老を押し返し、角之進は昂然と言い放った。

「ここに巣食う鬼どもも、身の内の鬼も、おれが退治する。光をもって打ち払う。覚悟せよ」

角之進は正面から斬りこんだ。

怒りの剣だ。

筆頭家老の鬼は受けることができなかった。

「ぐわっ」

額を割られ、仰向けに倒れる。

鬼も人も心の臓は同じだ。

上から鋭くえぐると、筆頭家老の鬼は二、三度身を震わせて絶命した。

五

残るは藩主だけとなった。

角之進が前へ進み出る。

「ふはははははは」

鬼の藩主はこの期（ご）に及んでも嘲笑（ちょうしょう）を浴びせてきた。

「何がおかしい。手下はもういなくなったぞ」

角之進が言った。

「鬼の力を侮（あなど）るな」

阿諏訪伊豆守の面影（おもかげ）をとどめた鬼が言った。

「おのれはもはや孤立無援（こりつむえん）だ」

諸国廻りは言った。

「何をぬかす。ここは鬼の棲み処だ」

鬼の藩主は両手を広げた。

右手には剣が握られている。

見たところ、武器はそれだけだ。

「気をつけろ。奥にいるかもしれぬぞ」

左近が言った。

「この闇がどれほど深いか分かるか」

鬼の藩主が言った。

「いかに深くとも、光をもってあまねく照らせばよい」

角之進が言い返す。

「ただの闇だと思うな」

鬼の藩主は嘲るように言った。

「どう違う」

角之進は鋭く問うた。

「闇の底へ落ちてみれば分かる」

阿諏訪伊豆守だった者は、そう言うと太刀を構えた。

「その前に、ここで死ね」

鬼の形相が変わった。

「角之進」

左近が名を呼び、注意を促(うなが)す。

「おう」

角之進は短く答え、剣を構えた。

「食らえっ」

鬼の藩主が上段から太刀を振り下ろしてきた。

半ば鬼と化した者が繰り出す剣だ。常人離れをした力だった。

だが……。

角之進は正しく受けた。

何の小細工もなく、正面から受け止め、力強く押し返す。

身の内側から、力がよみがえってきた。

たとえひとたび鬼が身の内に巣食ったとしても、おのれの力で追い出すことはできるはずだ。

「念彼観音力！」

角之進はまた経文を唱えた。

肚の底からその言葉を唱えると、凜冽(りんれつ)の気が放たれるかのようだった。

そればかりではない。

鬼の藩主の顔に動揺の色が走った。

まるでまぶしい光を真っ正面から浴(あ)びたかのようだった。

そうだ。この言葉こそが光なのだ。

角之進はそう悟った。

「念彼観音力！」

ひときわ凜とした声を発すると、諸国廻りは前へ踏みこんだ。

翔(と)ぶがごとき俊敏(しゅんびん)な動きだった。

「ぐわっ」

角之進の剣は、鬼の藩主の眉間(みけん)をものの見事にたたき割った。

ばっ、と血が噴(ふ)き出す。

阿諏訪伊豆守だった者は、二、三度よろめいた。

「成敗(せいばい)いたす」

角之進は袈裟懸(けさが)けに斬った。

鬼の藩主は踊るように動いた。

そして、あお向けに斃れていった。

六

「若さま」

手裏剣を構えていた草吉が声をかけた。

「死んだか」

左近が藩主のむくろを覗(のぞ)きこんだ。

角之進はふっと一つ息を吐いた。

「終わったな、角之進」

相棒が言う。

「いや」

角之進は左近の顔を見た。

「まだ終わってはおらぬ」

角之進は厳しい顔つきのまま答えた。

「鬼の藩主は斃したが」

左近がむくろを指さす。

「二人の家老も亡き者となりました」

古知屋掃部がほっとしたように言った。

「家中にはまだ人のままの者もそれなりにおろう」

角之進は若き武家の顔を見た。

「はい。心ならずも鬼に従っていた者もおろうかと」

古知屋掃部は答えた。

「ならば、藩主の遠縁に当たるそなたが残った藩士を束ね、藩を立て直せ」

諸国廻りはそう命じた。

「はっ」

若き武家は気の入った声を発した。

「そういう話は戻ってからで良かろう。ここは暗いし、気が悪いのでかなわん」

左近が顔をしかめた。

「おれはまだ戻れぬ」

角之進は言った。

「なにゆえだ。藩主はいま仕留めたぞ」

左近はけげんそうな顔つきになった。

「忘れたか。おれは影を盗まれてしまったのだ」

角之進の声が高くなった。

「されど、鬼を退治したからには、元に戻るのではないか？」

左近が訊く。

「分からぬ。そもそも鬼をすべて退治できたとは……」

角之進がそこまで言ったとき、洞窟に異変が起きた。

ふふふふふふふふ……

やにわに笑い声が響いたのだ。

「若さま」

草吉が指さした。

左近が提灯を向ける。

角之進は見た。

鬼の藩主のむくろの下から、黒いねばねばしたものが這い出し、影のように蠢きながら洞窟の奥へといっさんに消えていった。

鬼だ。

藩主の身に宿(やど)っていた鬼がいま逃げ出したのだ。

鬼の頭目は息の根を止められていない。本当の棲み処はもっと奥にある。

「待て」

角之進は追った。

洞窟はさらに奥へと続いているようだ。

「深追いするな、角之進」

左近が止めた。

「鬼の息の根を止めねば、おれの影は戻らぬ」

角之進は首を横に振った。

「さりながら、敵の棲み処だ。深入りしても致し方あるまい。ここで引き返せ」

左近は必死に言った。

「おぬしらは戻れ。おれは行かねばならぬ。影を盗まれたままでは、この身が鬼になってしまう」

角之進はおのれの心の臓を指さした。

そのときふと、家族の顔が浮かんだ。

おみつが笑顔で王之進を抱いている光景がありありと浮かんできた。

だが……。

ここできびすを返すわけにはいかない。

無事に引き返しても影は戻らない。だんだんに鬼になっていくばかりだ。

影をなくした身で、家族にまみえるわけにはいかぬ。

「おれのために祈ってくれ。さらばだ」

角之進はそう言うなり、洞窟の奥へ突き進んでいった。

「若さま！」

草吉がついぞ聞いたことのないような声を発した。

「角之進、戻れ」

左近があわてて追う。

しかし、その手は届かなかった。

うわあああああっ……

洞窟の奥で絶叫が響きわたった。

角之進の声だ。

「落ちたぞ」

左近が悲痛な声をあげた。

提灯をかざす。

洞窟の奥には大きな穴が開いていた。

諸国廻りは、地獄の入り口のような穴へ墜ちてしまったのだ。

第九章　光と闇の戦い

一

おん　あぼきゃ
べいろしゃのう　まかぼだら
まに　はんどま
じんばら　はらばりたや
うん

西明寺（さいみょうじ）の住職の唇が動いていた。
額（ひたい）には玉の汗だ。

本堂で護摩が焚かれている。

燃え盛る炎が本尊の騎龍観音を照らす。

慈然和尚が唱えているのは光明真言だ。

世を覆う暗雲を払うために、光を招喚する。密教に伝わる秘法を和尚はいままさに執り行っていた。

ただならぬ気配は山城のふもとの寺にも伝わってきた。

諸国廻りに危難が迫っている。

そう察知した慈然和尚は、護摩を焚いて祈ることにした。

おのれの力はかぎられているが、御仏の力は無辺だ。

右手が動く。護摩が焚かれ、炎が盛んになった。


御仏よ、騎龍観音さまよ。

お目覚めください。


真言を一心に唱えながら、西明寺の住職は祈った。

心なしか、仏像の表情が変わったように見えた。

慈悲から怒りへ、そこはかとなく変容したように感じられた。

江戸から来た諸国廻りをお護りください。

危難を救い、悪を退治する力をお貸しください。

慈然和尚は強く念じた。

ふっ、とどこからか風が吹きこんできた。

その風を受け、護摩壇の炎がさらに盛んになった。

火明かりが本尊の顔を照らす。

観音が騎る龍の形が鮮明になった。

二

闇の中をどれほど墜ちたことだろう。

角之進は背に衝撃を覚えた。

だが、頭は無事だった。痛みが走ったのは背中だけだった。

幸いにも、下は岩ではなかったらしい。骨が折れている気配はなかった。

角之進は瞬(まばた)きをした。

全きまでの闇だった。

どこを見ても黒洞々(こくとうとう)たる闇だ。

光はいっさい見えない。

鬼の棲(す)み処(か)とおぼしい暗黒の中で、角之進は身を起こした。

その耳に、声が聞こえてきた。

ふふふふふふふ……

笑い声だ。

鬼が笑っている。

そう悟(さと)った刹那(せつな)、異変が起きた。

「うわっ」

角之進は思わず声をあげた。

下から、横から、ねばねばしたものがやにわに伸びてきたのだ。

手だ。

さだかならぬ黒い手が、角之進の身をつかもうとする。

「放せ」

角之進は抗(あらが)った。

だが……。

ねばねばした手は、いっかな振りほどくことができなかった。

ふふふふふふふ……

鬼の笑いが高まる。

頭の中でわんわんと鳴り響(ひび)く。

「喰(く)ろうてやる」

いちばん深い闇の底で、鬼が声を発した。

いまにも最後の手が伸びる。

黒い大きな手がむんずとおのれの身をつかみ、八つ裂きにしてしまう。

総身の毛が逆立つ思いだった。

そんな窮地で、角之進はようやく思い出した。

闇の中に、御燈明のごとき灯りが見えたような気がした。

孤立無援の闇の底で、すがれるものがあるとすれば、それしかない。

角之進はぐっと気を集めた。

三

「念彼観音力！」

角之進は声を発した。

魂の叫びだ。

「念彼観音力！」

繰り返す。

こんなところでは死ねぬ。

つとめを果たし、必ず江戸へ戻る。

そんな強い思いとともに、角之進は肚の底から叫んだ。

「念彼観音力！」

三度唱えたとき、ほおを何かがなでた。
黒い手ではなかった。
風だ。
何も見えない闇の中を、風が吹きわたってきた。

喰ろうてやる……

暗黒の源で鬼がうめく。
その声をかき消すように、風の音が高まった。
地が波立つ。
角之進の体が激しく左右に揺れた。
あわてて手を動かし、何かにつかまる。
危うく闇の中へ放り出されそうになったが、どうにかつかまることができた。
風が吹く。
轟々たる風だ。
どこからか光が差しこんできた。

闇に抗う光だ。
そのかすかな光を受けて、像がゆるゆると定まってきた。
角之進は目を瞠った。
おのれが必死につかまっているものが何か、初めて目に映ったのだ。
間違いない。
それは、龍の首だった。

おん　あぼきゃ
べいろしゃのう　まかぼだら……

声が聞こえる。
この闇の外から、救いの真言が響く。
角之進は身を正した。
いつのまにか、右手には剣が握られていた。
わずかに光を帯びたその剣を、角之進はぐっと握りしめた。

ふふふふふふふ……

鬼の笑い声も消えてはいなかった。
それがひとしきり高まったかと思うと、何かが襲ってきた。
鳥だ。
怪しい羽音を響かせながら、鳥が角之進の顔をめがけて襲ってきた。
「ぬんっ」
龍の首にまたがり、角之進は剣を振るった。
この龍だけが頼りだ。
ひとたび闇の中へ墜ちれば、たちまち鬼の餌食(えじき)になってしまう。

くえっ、くえっ……

耳障りな鳴き声を発しながら、化鳥(けちょう)どもが襲ってくる。
なかには一つの胴体でむやみに首がついた鳥もいた。
龍に騎(の)った諸国廻りは、その首を次々に斬り倒していった。

そのうち、闇の底から声が響いてきた。

角之進……

女の声だ。

龍に騎った角之進は闇に目を凝らした。

白いものが見えた。

龍がすべるように進む。

ほどなく、女の姿がくきやかになった。

それは、白装束に身を包んだ巫女（みこ）だった。

四

「われこそは、根来巫女（ねごろの）なり」

闇の中で声が響いた。

角之進は続けざまに瞬きをした。

根来巫女……。

あの『言伝』を遺した、いにしえの巫女か。

角之進は驚きの目を瞠った。

「われは闇に封印されしものなり」

巫女は続けた。

「世に災いをもたらす鬼どもの淵源をたどり、根絶を図りしわれは、力及ばず、逆に封印の憂き目に遭えり」

沈痛な声が響く。

「封印されてしまったと」

角之進は語りかけた。

「然り」

巫女はひと呼吸おいてから続けた。

「願わくは、鬼を根絶し、わが封印を解き放て」

深い闇の中で、根来巫女の言葉が響いた。

「封印を解き放て、と」

角之進は復唱した。

「然り」

　巫女の声が高くなった。

　いかにして封印を解き放つか、巫女は角之進に告げた。

　その一言一句を、角之進は頭に刻みつけた。

「して、鬼はいかにして根絶すればよいか」

　角之進は肝心要のことを問うた。

「……分からぬ」

　巫女はしばし思案してから答えた。

「分からぬか」

　角之進はやや落胆して言った。

　この根来巫女なら、鬼を根絶やしにする秘法を知っているのではあるまいか。

　そう期待したのだが、案に相違した。

「われは鬼に封印されしもの。未来永劫にわたるまで、闇を彷徨するさだめを与えられしものなり」

　巫女は言った。

　その言葉がはらわたにしみるかのようだった。

おのれもそういう身になってしまうかもしれない。鬼を根絶やしにし、盗まれた影を奪い返さねば、もう二度と光あふれる世界には戻れないのだ。

「さりながら……」

巫女の口調が変わった。

「鬼の棲み処の根源は分かる」

根来巫女はそう告げた。

「どこだ」

角之進は勢いこんで問うた。

「大河も一滴の水から始まる。時もまた然り」

巫女は迂遠なところから話を始めた。

龍に騎った角之進がうなずく。

「時が始まるとき、光と闇もまた生じる。この根源の闇を鬼は養分とする。その根源の闇へ下り、始原の鬼を退治すべし」

巫女の声に力がこもった。

「承知した」

角之進はしっかりと剣を握った。

「鬼を根絶したあと、必ず封印を解くゆえ」

角之進は巫女にそう約した。

「頼む」

根来巫女は短く答えた。

「では、さらばだ」

諸国廻りは龍の首を左手でたたいた。

龍が動く。

阿吽の呼吸だ。

角之進を騎せた龍はいっさんに下りていった。

闇の中へ。

最も深い闇の奥へ。

五

西明寺ではさらに護摩が焚かれていた。

……まに　はんどま
じんばら　はらばりたや
うん

光明真言が唱えられる。

ただし、唱えているのは慈然和尚だけではなかった。

左近がいる。草吉がいる。

そして、古知屋掃部の顔もあった。

八幡の藪知らずの洞窟から命からがら逃れた左近たちは山城に戻った。

城にはまだ鬼の残党がいたが、残らず斃した。

少数ながら人のままの藩士もいた。そのなかで信に足る者に仔細を告げ、城代として後に残した。

いずれ古知屋掃部が藩主となり、陸中閉伊藩を立て直すにしても、まずは諸国廻りの無事を祈らねばならない。左近たちは西明寺へ急いだ。

いきさつを聞いた慈然和尚の顔つきがさらに険しくなった。

深い闇の中へ潜入していった諸国廻りを救うのは、西明寺の本尊たる騎龍観音の御力しかない。

祈るべし。

ただひたすらに祈るべし。

慈然和尚にうながされた三人は、本堂に座り、ともに真言を唱えはじめた。

おん　あぼきゃ
べいろしゃのう　まかぼだら……

いくたびも繰り返しているうち、真言は水のごとくに頭の中へ流れるようになった。
声がそろう。
護摩壇の火が燃える。
まに　はんどま
じんばら　はらばりたや
うん

西明寺に集った者たちは、心を一つにして諸国廻りのために祈った。

六

下る、下る。

龍は下る。

深い闇を切り裂くように、角之進を騎せて下っていく。

その首をしっかりとつかみ、角之進は闇に目を凝らした。

見渡すかぎり漆黒の闇だが、かすかな光は見えた。

それとともに、声も聞こえた。

世に光をもたらす真言を唱える声だ。

わずかな光と声を励みに、観音の御加護を信じて、諸国廻りは龍とともになおも闇の底へと下っていった。

どれほど経ったことか。胃の腑がふっとうつろになったような心地がした。

底が近づき、龍の首の向きが変わったのだ。

ふふふふふふふ……


鬼の笑い声がよほど間近で響いた。

角之進は見た。

闇が闇となる始原の一点に何かが立っている。

鬼だ。

もう一つ、小さなものが見えた。

御燈明だ。

この世はそこから始まる。

一滴の水から始まる時の流れは、やがてさまざまに広がって世を形作っていく。

その灯りを受けて、鬼の像が定まった。

ありとあらゆる闇を凝縮した仁王のごときものに二本の角が生えている。その周りには、とりどりの武器を手にした眷属の鬼どもが集結していた。

「始原の鬼よ、覚悟せよ」

龍に騎った諸国廻りは昂然と言い放った。

「ふはははははは」

鬼は哄笑をもって応えた。

「ここまで下りてきたことだけは讃えてやろう。この始原の闇に分け入ってきた人間はおまえだけだ。さりながら……」

鬼の形相が変わった。

怒りにゆがんだ赤い口から牙が覗く。

「もはや命運は尽きたと思え。われは名をもたぬ鬼。一にして全なるもの。打ち勝てる者などあろうはずがない。ふはははははは」

鬼はそう言ってまた哄笑した。

「笑うな」

角之進は一喝した。

「われこそは日の本にただ一人の諸国廻りなり。ありがたき騎龍観音様の御加護を得て、根源の鬼を成敗いたす。覚悟せよ」

角之進は龍の背にすっくと立って剣を構えた。

「片腹痛いわ。八つ裂きにしてやれ」

根源に立つ鬼が眷属たちに命じた。

鬼どもがわらわらと動き、奇声を発しながら襲ってきた。

「うっ」

勢いよく振るわれてきたのは、鋭い突起が付いた金棒だ。

すさまじい衝撃が走る。

諸国廻りが握る降魔の利剣も、次々に襲ってくる闇の権化のような鬼たちの攻撃を受けるのは容易ではなかった。

角之進はたちまち押しこまれた。

「喰ろうてやる」

根源の鬼が牙を剝く。

その赤い口がいっぱいに開き、目の前に迫った。

背後には、いつのまにか眷属の鬼たちが群がっていた。

角之進は進退谷まった。

七

ごおっ、と音が響いた。

絶体絶命の諸国廻りに、間一髪で救けが来た。

それは身近なところにいた。

龍だ。

龍が初めて口を開いた。

そして、満を持していたかのように火を噴いたのだ。

その火は真言でできていた。炎も火花もすべて真言だった。

炎が眷属の鬼を焼く。

「ぎゃっ」

「ぐえっ」

そこここで悲鳴が上がった。

「念彼観音力！」

角之進は力を取り戻した。

「観音力はわれにあり。われは光の化身なり」

諸国廻りは正義の剣をかざした。

龍の首がうねる。

根源の鬼に狙いを定める。

「闇は光に勝つ」

鬼は両手を広げた。

「ありとあらゆるものは闇より生じる。その始原の闇を封じることはできぬわ。わははははははは」

鬼の哄笑が響きわたった。

「光は闇に勝つ」

角之進は言い返した。

「見よ」

諸国廻りは剣であるものを指し示した。

それは、御燈明だった。

「始原に立つ光を、闇が打ち消すことはできぬ。うぬの像も、光あらばこそ世に現れる。光は闇に勝つのだ」

角之進は勁(つよ)い口調で言った。

そこでまた眷属が襲ってきた。

長い槍に鎖鎌(くさりがま)。それに、金棒。さまざまな武器を手にした鬼どもが諸国廻りの息の根を止めようとする。

「立ち去れ」

角之進は剣で打ち払った。

龍が口から火を噴く。

「うぎゃっ」

眷属どもは悲鳴をあげ、一体ずつ斃れていった。

だが……。

始原の鬼はいささかも動じていなかった。

「ありとあらゆるものは闇に塗りこめられる。闇こそが一にして全なるものなのだ。ふはははははは」

いちばん深い闇の底で、また哄笑が響いた。

「この世はすでに始まっている」

角之進は剣先で御燈明を示した。

「見よ、その光を。始原の光をだれも打ち消すことはできぬ。その光を受け、ありとあらゆるものは影をつくる。光は闇に勝るのだ」

龍に騎った諸国廻りは、一歩も引かずに言った。

「影か。ならば……」

始原の鬼は後ろを向き、何かをこねるようなしぐさをした。

振り向いて言う。

「この影にも打ち勝ってみよ」

鬼は何かを放った。

それはたちまち形になった。

角之進の前に現れ出でたのは、鬼の眷属ではなかった。

「うっ」

諸国廻りは思わずうめいた。

剣を構えて目の前に現れたのは、もう一人の角之進だった。

八

「その影に打ち勝てるか」

始原の鬼が言った。

角之進は体勢を整え直した。

「戻れ」

おのれの分身に向かって言う。

「おまえはまぼろしにすぎぬ。影は影のみで生きることはできぬ。速やかに、わが身に戻れ」

龍に騎った諸国廻りは剣を構えた。

影は同じように剣を動かした。

角之進が動けば影も動く。

しばらく一進一退が続いた。

「われはわれなり」

角之進は影に向かって言い放った。

「われはわれよりほかになし」

角之進は龍から下り、始原に近い闇の中でおのれの影と対峙した。

「わが影は、影のみにて生きることはできぬ。戻れ」

諸国廻りは間合いを詰めた。

同時に、影が迫る。

「その剣はまぼろしなり」

そう言い放つと、角之進は鋭く前へ踏みこんだ。

「鋭！」

裂帛の気合で斬りこむ。

影の剣も同じように動いた。

それは角之進の身を正面から斬り裂いたように見えた。

だが……。

一瞬ののち、御燈明の灯りが浮かび上がらせたのは、角之進の姿だけだった。

影は跡形もなく消え失せていた。

龍が咆哮した。

いまだ。

角之進はさらに前へ踏みこんだ。

始原の鬼を斃せるのは、いましかない。

鬼の顔が見えた。

その異形の顔に、初めて浮かぶ色が見えた。

それは、恐れだった。

「鋭！」
諸国廻りの剣が一閃した。
手ごたえがあった。
斬られた鬼の首が宙に舞う。
それは御燈明のすぐ近くに落ちた。
角之進は再び龍に騎った。
「念彼観音力！」
とどめとばかりに、腹の底から叫ぶ。
龍が咆える。
口から噴き出された清浄な炎は、たちまち始原の鬼の胴体に燃え移った。
闇の底に落ちた鬼の首。
その赤い口が耳まで裂けて燃え上がる。

うわあああああああああああああっ……

断末魔の絶叫が放たれた。

それは闇いっぱいに響きわたった。

首が燃えつき、見えなくなった。

「よし」

角之進は力強くうなずいた。

「戻るぞ」

諸国廻りは剣を収めた。

龍は勝ち誇ったように咆えた。

そして、角之進を騎せ、闇を切り裂いてすさまじい勢いで上っていった。

第十章　最後の峠

一

西明寺の本堂に風が吹きこんできた。

ただならぬ風が護摩壇の炎を揺らす。

「何だ。どうした」

左近が立ち上がった。

「あれを」

草吉が指さす。

本尊の騎龍観音に異変が生じていた。

燐光を帯びたかのように輝いたかと思うと、台座の龍の目がやにわに光ったのだ。

「こ、これは……」

慈然和尚も目を瞠った。

風はさらに強くなった。

障子を閉めてある本堂に、つむじ風が吹く。

「うわっ」

古知屋掃部が声をあげた。

風に吹き飛ばされ、後ろへ倒れてしまったのだ。

本堂で竜巻が生じていた。

遠くで声が響いた。

まるで龍が咆えたかのような声だった。

「念彼観音力！」

慈然和尚が両手を合わせて声を発した。

「念彼観音力！」

それに応じる声があった。

次の刹那、声の持ち主が西明寺に姿を現した。

本堂の畳の上に放り出されるように姿を現したのは、飛川角之進だった。

二

「角之進！」

左近があわてて駆け寄った。

「若さま」

草吉も飛んできた。

「息はあるぞ」

左近が言った。

ひどい顔色だが、角之進の胸は動いていた。

息をしている。

「まずは白湯(さゆ)を」

和尚が立ち上がった。

「いったいいずこから……」

古知屋掃部があたりを見回した。

障子はずっと閉まったままだった。およそありえないようなことが起きていた。

白湯が来た。

左近と草吉に両脇を抱えられ、角之進が身を起こす。

「さあ、ゆっくり」

慈然和尚が椀を近づけた。

角之進は二、三度瞬きをすると、白湯を胃の腑に流しこんだ。

ほっ、と一つ息をつく。

「……ここは？」

初めて声がもれた。

「西明寺でございますよ」

慈然和尚が答えた。

「おぬしはやにわに嵐とともに現れたのだ」

左近が言った。

「嵐とともに？」

角之進はこめかみに指をやった。

記憶が混濁していた。

にわかには何も思い出せない。

「そうだ。まるで龍に騎ってきたかのようにな」

左近のその言葉で、一筋の糸がつながった。

角之進は白湯を呑み干した。

「もう一杯いかがでしょう」

慈然和尚が水を向ける。

「お願いいたす」

角之進はかすれた声で答えた。

さらに白湯を呑むと、身の中の力がほんのわずかによみがえってきた。

角之進は顔を上げた。

本尊のほうを見る。

そこにはなつかしい顔があった。

騎龍観音だ。

「お参りを……」

角之進は言った。

「こぢらへ」

慈然和尚が招き寄せた。

「さあ、若さま」

草吉の手を借りて立ち上がると、角之進は本尊の前に座った。

騎龍観音を見る。

その顔には、慈愛の笑みが浮かんでいるように見えた。

三

その晩は夢も見ずに眠った。

昏々と眠りつづけた。

目覚めたとき、日が差しこんでいた。

角之進は半身を起こし、いくたびも続けざまに瞬きをした。

軽く首を振る。

いまだに夢のように感じられるが、うつつの出来事だったと考えなければ、おのれが西明寺にいることの辻褄が合わない。

一つ息を吐くと、角之進は立ち上がった。

額に手をやる。

思わず立ちくらみを起こしてしまったのだ。

龍、いや、ひいては騎龍観音の強大な助力を得たとはいえ、始原の鬼との戦いで極限に至るまで力を振り絞った。その疲れはまだ角之進の全身に残っていた。

朝餉になった。

「たんと食って、精をつけておけ」

左近が気遣って言った。

「おう……飯を見たら、腹が減っていることに気づいた」

まだやつれた顔で角之進は答えた。

「寺方で大したものはお出しできませぬが」

慈然和尚が言った。

「いえ、ありがたいかぎりで」

角之進は頭を下げ、まず汁物の椀を手に取った。

具は豆腐と油揚げだけの汁だが、疲れた五臓六腑にしみ入るかのようだった。

続いて、麦飯を食す。

飯もさることながら、付け合わせの沢庵の味が心にしみた。

いままでいくたびとなく食してきた何の変哲もない沢庵が、こんなにもうまいものだったとは……。

角之進は思わず落涙しそうになった。

朝餉の膳には、根菜の煮物と大根菜のお浸しも付いていた。

どの味もはらわたにしみた。

人生でいちばんうまい朝餉の膳を食した。

角之進は心の底からそう思った。

「どうぞ」

草吉が茶をいれてくれた。

「すまぬ」

角之進は短く答え、湯呑みを口に運んだ。

胃の腑にあたたかいものが流れこみ、またふっと息をついたとき、角之進は障子のほうに目をやった。

「そうだ」

角之進はやにわに立ち上がった。

「いかがした」

左近が問う。

角之進は答えず、障子を開けると、さっと廊下から庭へ飛び下りた。
日の光が濃くなった。
角之進は振り向き、あるものを見た。
それは、おのれの影だった。
「……人だ」
角之進はのどの奥から絞り出すように言った。
庭に伸びているおのれの影は、まぎれもない人のものだった。
鬼ではなかった。
頭に二本の角など生えてはいなかった。
人だ。
まごうかたなき、人の影だ。
その影を見たとき、こらえていたものが一気にあふれてきた。
諸国廻りの目からほおへ、ひとすじの水ならざるものが伝っていった。

四

「世話になり申した」

　慈然和尚に向かって、角之進は深々と頭を下げた。

「道中、お気をつけて」

　西明寺の住職は温顔で言った。

　ここ陸中閉伊（りくちゅうへい）でやるべきことはまだ残っていた。本調子には遠いとはいえ、ようやく動けるようになった角之進は寺を辞することにした。

　最後に、騎龍観音の前に座り、長く祈った。

　御本尊のありがたいお顔は、二度と忘れるまい。

　角之進は固く心にそう誓った。

「和尚様もお達者で」

　角之進は笑みを浮かべた。

　光ある場所に戻ってから、諸国廻りが初めて浮かべた笑みだった。

　西明寺を辞し、城下へ向かうときも、角之進はしばしば後ろを見た。

「大丈夫だ。人の影を引き連れておるぞ」

左近がおかしそうに言った。

古知屋掃部は城に戻ることになった。

残った者たちと力を合わせ、やるべきことがたくさんある。

「そうか。そなたが殿様になるのであったな」

角之進がふと思い出したように言った。

「ほかの藩士たちの意向にもよりますが」

古知屋掃部は慎重(しんちょう)に答えた。

「藩主も家老どもも退治された。おぬししかおらぬではないか」

左近が言った。

「おれから上様に伝えておこう」

角之進はそう請け合った。

「まことでございますか」

古知屋掃部の瞳が輝いた。

「ひとたびは鬼に占領されてしまった陸中閉伊藩を立て直せるのはそなたしかおらぬ。つとめてくれ」

角之進は励ました。

「はっ」

古知屋掃部は一礼してから続けた。

「小なりとはいえ、美しき国をつくるべく、微力を尽くします」

若き武家はいい面構えで答えた。

「その意気だ」

角之進がうなずいた。

「いずれ、江戸へ参勤交代で来なければのう」

左近が白い歯を見せた。

「待っておるぞ」

角之進も言う。

「藩政を立て直し、なるたけ早く参ります」

古知屋掃部は力強く言った。

「そなたならできる。気張ってやれ」

角之進は諸国廻りの顔で言った。

五

いまから城下を出ても、山の中で日が暮れてしまう。一行は前に泊まった旅籠に逗留することにした。

「夕餉には早いゆえ、湯屋へ行くか」

左近が水を向けた。

「先に言われてしもうた」

角之進が笑みを浮かべた。

湯に浸かると、闇の底から逃れてきたありがたみがしみじみと感じられた。体の隅々まで生き返るかのようだった。

やるべきことはまだ残っている。気を緩めるな。

わが身にそう言い聞かせながら、角之進は長々と湯に浸かっていた。

宿に戻ってしばらくすると夕餉になった。

暮坪蕪を薬味に使った蕎麦にひっつみ汁。山女魚が一夜干しから焼きものに変わっただけで、前と同じ献立だったが、どれもこれも途方もなくうまかった。どの味も心にしみた。

「ありがたいのう」

角之進は心の底から言った。

「前と代わり映（ば）えはせぬが、味が違うか」

左近が問うた。

「ああ。この世のものとは思われぬほどうまい」

角之進はそう答え、盃（さかずき）の酒を呑み干した。

「酒もうまい」

満面の笑みで言う。

「顔色が戻られました、若さま」

脇に控えていた草吉が言った。

「今晩寝れば、おおむね旧に復すだろう。さすれば、最後に残った山を越えることができる」

角之進は表情を引き締めた。

「最後に残った山？　峠のことか」

左近はいぶかしげな顔つきになった。

「いや、違う」

角之進は盃を置いた。

草吉もまじえて、明日の段取りを告げる。

聞くにつれて、左近の顔つきもだんだんに引き締まっていった。

「なるほど、それは最後の山だな」

話を呑みこんだ左近が言った。

「気張って乗り越えねばな」

角之進は気の入った声を発した。

六

翌る日――。

旅籠を出た一行は、抜け道ではなく関所へ向かった。

小さな関所につき、ことによると鬼の眷属がまだ護っているかもしれない。

そう考え、堂々と通ることにしたのだ。

「何者か」

関所の番人が誰何した。

もう一人の番人が槍を構える。

「諸国悪党取締出役、飛川角之進である。陸中閉伊藩主、阿諏訪伊豆守、並びに筆頭家老、次席家老らは、当地に巣食う鬼にその身を乗っ取られたゆえ、この諸国廻りが成敗いたした」

角之進は刀の鍔を手でたたいた。

「ぐっ」

番人はうめいた。

「幸い、日が差している」

角之進は手を日にかざした。

「影を見せよ、番人」

諸国廻りはそう命じた。

「うぬぬ……喰らえっ」

やにわに槍が突き出されてきた。

やはり、案の定だった。

関所を護っていたのは鬼の残党だった。

「ぬんっ」

素早く身をかわすと、角之進は突き出されてきた槍を一刀で斬り落とした。

左近がすかさず踏みこんで袈裟懸けにする。

もう一人の番人が剣を抜いて立ち向かってきた。

腰の入っていない醜い剣だ。

「ていっ」

諸国廻りはただちに斬って捨てた。

「おお」

左近が目を瞠った。

嫋れた二人の番人は、鬼に変じていた。

「おまえの出番はなかったな」

手裏剣を構えていた草吉に向かって、角之進は言った。

「はい」

草吉はかすかな笑みを浮かべた。

これで後顧の憂いはなくなった。

諸国廻りの一行は無人の関所を通り抜け、山寺へ向かった。

七

「これはこれは……」

出迎えた心敬和尚の顔には驚きの色が浮かんでいた。

ありえないものを見た、というまなざしだ。

「つとめを果たして、これから江戸へ戻るところでござるよ」

角之進は告げた。

「さ、さようでございますか」

和尚は表情を取り繕って答えた。

「ついては、江戸へ戻る前に、根来巫女が取り憑いた奥女中の墓参りをしておこうと思い立ちましてな」

角之進は言った。

「行きはお参りできなかったゆえ」

左近も言う。

「根来巫女といささか縁がありましてな。礼を申さねばならぬのですよ」

角之進は言った。

「巫女に……」

山寺の住職はあいまいな表情になった。

「墓へ案内してもらいたい」

角之進は有無を言わせぬ口調で言った。

「墓なら、庭へ出て右へまっすぐ行ったところにありますので」

心敬和尚は身ぶりで示した。

「なるほど」

角之進はにやりと笑った。

「では、ともかくお参りを済ませてから。御免(ごめん)」

一礼すると、角之進は大股で歩きだした。

根来巫女が取り憑いた奥女中の墓はすぐ分かった。

墓とおぼしいものの上には、大きな石が載(の)せられていた。嵐が来てもびくともしないような大きさだ。

「要石(かなめいし)だな」

角之進は言った。

「要石？」

左近が問い返す。

「そうだ。奥女中に取り憑いた根来巫女の魂を封じこめているのだ」

闇の底での出来事を思い返しながら、角之進は答えた。

「かなり重そうだな」

左近が指さした。

「おぬしと二人がかりなら持ち上がるだろう」

と、角之進。

「封印を解くのか」

左近が問うた。

「おう。ただ、その前にやることがある」

角之進はきびすを返した。

「住職の心敬」

本堂の前まで戻るなり、角之進は荒々しく呼びかけた。

「やましいところがなくば、庭に下り立ち、人の影を見せてみよ」

諸国廻りの声が高くなった。

「片腹痛いわ」

心敬和尚は本性を現した。

寺の奥に隠し持っていた槍を構え、諸国廻りに狙いをつける。

「『鬼はやむなく山のほうへ逃げ、洞窟の奥深くに立てこもらざるをえなくなった』と、うぬは妙に鬼に肩入れして言っていたな。うぬも鬼だったとすれば、ぴたりと平仄が合うではないか」

角之進はそう喝破した。

「藩主をはじめとして、鬼はみな諸国廻りが退治したぞ」

左近が告げる。

心敬和尚の形相が変わった。

「覚悟！」

そう言うなり、捨て身の槍を突き出してきた。

むろん、諸国廻りの敵ではなかった。

抜刀して軽く受け流す。

日の光が濃くなった。

心敬和尚の影を映し出す。

その影には、まぎれもない二本の角が生えていた。

行きの見送りの際、和尚は外へ出てこなかった。あれはおのれの影を見られぬようにするためだった。

「成敗いたす」

角之進は間合いを詰めた。

和尚の顔が変容した。

まぎれもない鬼の顔になった。

真っ赤な口が裂けたその顔に向かって、諸国廻りは正義の剣を振り下ろした。

「ぐわっ」

山寺に鬼の声が響いた。

次の剣を振るう。

血しぶきが舞った。

首を半ば斬り離された鬼は、僧形（そうぎょう）のまま斃れて動かなくなった。

八

残るつとめはただ一つだった。

角之進は左近と草吉とともに根来巫女が封印されている場所へと向かった。巫女が取り憑いた奥女中の菩提を弔うためというのは真っ赤な嘘だ。巫女が二度と復活しないように、要石を載せて封印していたのだ。

当地の鬼はひそかに血脈を継いでいた。陸中閉伊ばかりではない。鬼の血脈は各地で継がれていた。

陸中閉伊藩を鬼が牛耳ることに成功する前に、武州から呼び寄せられたのが心敬和尚だった。

むろん、鬼の血筋だ。

巫女を封印したこの山寺は、藩を牛耳ろうとする鬼にとってみれば出城のごときものだった。

その封印を、諸国廻りがいま解こうとしていた。

「よし、力を合わせて持ち上げるぞ」

角之進が言った。

「おう」

左近が腕まくりをした。

初めは角之進と左近の二人で持ち上げようとしたが、石が重くてあと少しで上がらなかった。

「わたくしも」

草吉が加勢を申し出た。

「おう、頼む」

角之進はそう答えて、腕を回した。

足場を固め、息を合わせて再び挑んだ。

「一の二の三っ！」

渾身の力をこめると、要石は動いた。

「庭に置くぞ。気をつけろ」

角之進は声を張り上げた。

再び息を合わせて要石を庭に置いたとき、急に風が吹いた。

つむじ風だ。

目を開けていられないほど激しい風がしばらく吹き荒れたかと思うと、にわかに静まった。

「若さま、あれを」

草吉が天を指さした。

「おお」

角之進は声をあげた。

白装束に身を包んだ女が、小ぶりの龍に騎り、いままさに天に還るところだった。

「根来巫女か」

左近が言った。

角之進はうなずき、さらに目を凝らした。

遠ざかりゆく巫女が右手を挙げた。

角之進も挙げる。

光が差し、巫女の顔がくきやかになった。

去りゆく巫女は笑みを浮かべていた。

第十一章　それぞれの味

一

すべてのつとめを果たした諸国廻りは、陸中閉伊から釜石に戻った。

「また生きて海を見られたな」

角之進は感慨深げに言った。

「ここからの船旅がまた長いぞ」

左近が言う。

「なに、江戸へ戻れると思えば、何ほどのことでもないわ」

角之進は白い歯を見せた。

湊の役人に声をかけたところ、宮古から年貢米を運んでくる船に乗ることができた。

石巻(いしのまき)までだが、そこでまたべつの船を探せばいい。

かくして、諸国廻りは海上の人となった。

日和(ひより)がいいときには甲板に出て、釣りの手伝いもした。釣った魚はそのままさばいて浜鍋にする。

「なかなかの手つきだべ」

「うめえもんだ」

船乗りは感嘆(かんたん)の声をあげた。

「こう見えても、かつては料理人だったのだ」

角之進はそう告(つ)げた。

「ははあ、道理(どうり)で」

「ありがてえこっだ」

そんな調子で、ときには甲板で船乗りたちと一緒に鍋を囲んだ。

おのれの影が長く伸びる。それがまぎれもない人のなりをしていることが何よりありがたかった。

まだ夢にうなされることはあった。深い闇の底で、鬼どもと戦っている夢だ。斬っても斬っても鬼が襲ってくる。

絶体絶命の窮地に陥り、声をあげて飛び起きたこともあった。

「念彼観音力！」

夢の中の角之進はそう唱えていた。

目覚めたとき、背中にべっとりと汗をかいていた。

（夢か……）

角之進は太息をつき、闇を見た。

何もいない。

鬼の姿は見えなかった。

角之進はまた息をついた。

そして、どこへともなく両手を合わせた。

二

石巻からは銚子に向かう廻船に乗ることができた。

銚子からは利根川の舟運を使うこともできる。遠かった江戸が、だんだんに近づいてきた。

海が荒れた日もあったが、恐ろしさはまるで感じなかった。あの八幡(やわた)の藪(やぶ)知らずの洞窟の中で鬼どもと戦ったことを思えば、何ほどのこともない。このたびの途方(とほう)もない戦いを経(へ)て、諸国廻りはまたひと回り成長した。

銚子で陸(おか)に上がり、旅籠(はたご)で一泊することになった。栄(さか)えた湊だから、うまい夕餉(ゆうげ)を出す旅籠には事欠かない。評判を聞き、さっそく荷を下ろした。

草吉(くさきち)はひと足早く江戸へ向かわせることにした。

ここからは内川回しという航路をたどる。銚子から関宿(せきやど)まで利根川を進み、今度は江戸川を下って行徳(ぎょうとく)へ出る。そこから小名木川(おなぎがわ)を経由して日本橋(にほんばし)まで、二日あまりでたどり着くことができる。

ただし、利根川の木下(きおろし)で船を下り、行徳まで街道を行くこともできる。草吉の足ならそのほうがよほど速い。

「すまぬが、父上へ首尾(しゅび)を伝えてくれ」

角之進は草吉に言った。

「承知しました」

草吉は表情を変えずに答えた。

「陸中閉伊藩の後継藩主の件については、あらためて言上(ごんじょう)する。ひとまずは首尾のみにて」

角之進は言い添えた。

「はっ。では、さっそく高瀬舟に乗って木下へ向かいます」

草吉はそう言って腰を浮かせた。

旅籠の夕餉はなかなかのものだった。

活きのいい魚の身をたたき、刻んだ葱をまぜ、味噌で味つけをした「なめろう」は、このあたりの地の料理の大関格だ。

「うまいのう」

角之進は感に堪えたように言った。

「酒もすすむ」

左近が猪口の酒を呑み干す。

ややあって、山家焼きも運ばれてきた。

鮑の貝殻になめろうを詰め、こんがりと焼いた料理だ。これもまた香ばしくて実にうまい。

「なめろうは丼にもできますが」

おかみがそう水を向けてきた。

「なめろう丼か」

角之進が訊く。

「はい、さようで」

おかみが笑みを浮かべた。

「なら、もらおう。ちょうど飯を頼もうと思っていたところだ」

角之進は笑顔で言った。

ほどなく、なめろう丼が運ばれてきた。

鰯のつみれ汁も付いた膳だ。

「おっ、玉子が載っているのか」

左近が覗きこんで言った。

「はい。まずなめろうに醤油をかけていただいてから、わっと玉子をまぜて召し上がってくださいまし」

おかみが食べ方を指南した。

「分かった。そのとおりにしてみよう」

角之進は答えた。

試してみると、二つの味が楽しめる丼だった。

まず醤油をなめろうにかけ、溶き玉子はよけて食す。ヒゲタかヤマサか分からぬが、銚子は名だたる醤油どころだ。風味豊かな醤油をかけると、なめろうの味がいっそう引き立った。

「これだけでもうまい」

角之進が言った。

「魚も醤油もうまいからな」

と、左近。

今度は溶き玉子をまぜて食してみた。

「おお、これはうまい」

角之進が声をあげた。

「味がぐっとまろやかになったな」

左近も感心の面持ちで言った。

「つみれ汁もうまいぞ」

諸国廻りは満面の笑みだ。

「江戸へ戻ったら、あまから屋で出してやれ」

左近が水を向けた。

「喜四郎は知っていると思う。土産に教えるのはべつのものが良かろう」

角之進はそう言って、また箸を動かした。

「それを思案するのも楽しみのうちだな」

相棒が言った。

「おう。……それにしてもうまいな」

角之進はまた顔をほころばせた。

三

江戸への知らせは草吉に任せてある。ここからはさほど急がない。
せっかく近くまで来たのだから、鹿島神宮と香取神宮にお参りしておくことにした。
鹿島神宮は常陸国の一ノ宮、香取神宮は下総国一ノ宮だが、むやみに離れている
わけではない。ここはどちらも参っておきたいところだ。
まずは鹿島神宮に向かい、身の引き締まるような清浄の気が漂う本殿に詣で、しば
らく広壮な境内を散策した。
ここには要石があった。

宮司の話によると、香取神宮にもあるらしい。嘘か真か、二つの要石は地中深くでつながっているのだそうだ。

「昔なら一笑に付したかもしれぬがな」

ややあいまいな表情で角之進は言った。

「いまは違うか」

左近が訊く。

「伝説のたぐいが侮れぬことは、このたびの旅で身にしみて分かった」

諸国廻りはそう言って笑った。

評判を聞いて、また料理自慢の宿に泊まった。

ここの名物は鯰料理だった。

「鯰の刺身は初めて食うが、うまいものだな」

角之進が満足げに言った。

「もっと臭いかと思ったが」

と、左近。

「臭みはないし、鯛にも似た歯ごたえがある」

角之進がそう言ったとき、おかみが次の料理を運んできた。

「鯰の煮つけと天麩羅(てんぷら)だっぺ」

おかみは地の言葉で気安く言った。

「おう、次々に出るのう」

「どれもうまそうだ」

二人は笑みを浮かべた。

「あとで炊(た)き込みご飯も出しますんでの」

おかみが言う。

「鯰の炊き込みご飯か」

角之進が意外そうな顔つきになった。

「いんや。茸(きのこ)だっぺ」

おかみがそう言ったから、旅籠の座敷に和気が漂った。

茸も秋の恵みだ。

大ぶりの平茸(ひらたけ)がふんだんに入った炊き込みご飯もなかなかの美味だった。ずいぶんと量があったが、角之進も左近も小気味よく箸を動かして平らげた。

「ああ、食った食った」

左近が腹をたたいた。

「厳しいつとめを終え、生きながらえて食う飯はどれもこれもうまいのう」

角之進は感慨深げに言った。

四

翌る日――。

二人は香取神宮へ向かって参拝を済ませた。

御守がいい色合いだったから、角之進は土産に買いこんだ。おみつと王之進ばかりではない。あまから屋の二組の夫婦もいるため、ずいぶんな数になった。

それから佐原へ向かった。

「佐原本町江戸まさり」と唄われるほど栄えた町だ。今日は町を見物し、旅籠に泊まってから明日の朝早くに発つことにした。

途中で老舗の蕎麦屋に入った。

黒い蕎麦が出てきたので驚いたが、昆布を練りこんでいるのだそうだ。

「のど越しがよくてうまいな」

角之進は笑みを浮かべた。

「昆布は日の本じゅうでつとめを果たしておるわけだ」

左近はそう言って、また蕎麦をたぐった。

「食材の諸国廻りのごときものだな」

と、角之進。

「北前船でほうぼうへ運ばれていくからな、昆布は」

左近がうなずいた。

そんな按配（あんばい）で黒い蕎麦をたぐり終えた二人は、また評判を聞いて内湯付きの旅籠に泊まった。

角之進はゆっくりと湯に浸（つ）かり、おのれのよく張った筋肉をていねいに手でもみほぐしていった。

（もしおのれの影を取り戻さねば、いまごろこの身はすっかり鬼に変じてしまっていたかもしれぬ）

そう思うと、湯のありがたみが心にしみた。

夕餉についた酒はなかなかの美味だった。舟運が盛んな佐原にはとりどりの醸造元があり、酒もうまい。

一つ面妖（めんよう）な料理があった。

「これは何だ？」

酌をしにきたおかみに向かって、角之進はたずねた。

「へえ、雀焼きだっぺ」

おかみはそう答えた。

「雀を焼いたのか」

角之進はいくらか眉をひそめた。

「そう見えるんで名がついただけで、ほんとは小鮒だっぺ」

おかみはおかしそうに答えた。

「そうか。驚いたぞ」

と、角之進。

「背開きにして、たれをかけて焼いてあるんだな」

左近が言った。

「そのとおりで。鰻みたいなもんだべ」

おかみが笑みを浮かべた。

食してみると、甘辛いたれが絶妙で、酒の肴にはもってこいだった。

「雀とはうまいものだのう」

角之進はそんな戯れ言を飛ばした。

「ほろ苦くてうまいわ」

左近が和す。

「諸国のうまいもの、珍しいものを食せるのは役得だな」

角之進は白い歯を見せた。

五

翌日はいい日和だった。

ただし、風が冷たい。

「みちのくのほうはもう雪が積もっているかもしれぬな」

高瀬舟に揺られながら、角之進は言った。

「陸中閉伊にまだおったら、雪に閉じこめられていたやもしれぬ」

左近がそう言っていくらか首をすくめた。

「鬼に牛耳られた藩に取り残されてな」

と、角之進。

「しっ、声が高いぞ、角之進」

左近があわてて言った。

「おお、すまぬ」

角之進は口をつぐんだ。

高瀬舟は滞りなく進み、木下に着いた。

河岸と町は大変なにぎわいだった。

物資を運ぶばかりではない。木下茶船には利根川下りの客がずいぶんと乗りこんでいた。鹿島や香取などの社に詣で、銚子の磯を巡る物見遊山は江戸の民なら一度はあこがれるものだ。

ここからは街道筋を進んだ。

鎌ケ谷の茶見世では焼き団子と奈良茶飯を食した。

「この素朴な味が良いな」

角之進が言った。

「たしかに。あたりまえの味がありがたい」

左近も和す。

茶見世を出てしばらく進んだところで雨が降りだした。雨脚はしだいに強くなってきた。凍えるような氷雨だ。

「今夜は行徳どまりだな」

角之進が言った。

「おう、行徳まで行けば宿はいくらでもある」

左近はそう答えて足を速めた。

だいぶ難儀をしたが、行徳に着いて宿も見つかった。

この旅籠も内湯がありがたかった。

夕餉には秋刀魚の塩焼きが出た。

「尾のぴんと張った秋刀魚だな」

角之進は目を細めた。

「大根おろしも多めについているぞ」

左近が箸を動かす。

二人はさっそく賞味しはじめた。

「塩加減がちょうどいいぞ」

角之進がうなずく。

「行徳は塩の名産地ゆえ」

左近が言った。

古くから塩の産地だった行徳は幕府の天領となり、塩を運ぶための水路が整備されていった。江戸とを結ぶ行徳船は、塩ばかりでなく人もたくさん運ぶ。ほかには松茸（まつたけ）の炊き込みご飯と浅蜊（あさり）汁がついていた。行徳は海のはただが、山のほうへいくらか歩けば松茸も採れるようだ。

「旅の締めにはちょうどいい膳であった」

角之進は笑みを浮かべた。

「あとは江戸へ帰るのみだな」

左近が言う。

「いよいよ戻れるぞ」

長旅を終えようとしている諸国廻りが答えた。

六

翌日は行徳船に乗って江戸を目指した。

船は滞りなく進み、小名木川に入った。

「おお、帰ってきたな」

角之進が景色を見ながら言った。

「ここいらはもう本所（ほんじょ）だな」

左近が言う。

「行きは菱垣廻船（ひがきかいせん）、帰りは行徳船か」

角之進は何がなしに唄うように言った。

「まっすぐ帰るか？」

左近が問うた。

「家族の顔を早く見たいのはやまやまだが、昼をまだ食しておらぬ」

角之進は答えた。

「ならば、また菱垣廻船に乗るか」

左近は笑みを浮かべた。

「席が空（あ）いていればな」

角之進はすぐさま答えた。

行徳船を下りた二人は、本八丁堀（ほんはっちょうぼり）のなには屋に向かった。

諸国廻りの足をつとめている大坂の廻船問屋、浪花屋（なにわや）の次男の次平（じへい）があるじをつとめている見世だ。菱垣廻船の垣立を模した、巧緻なつくりの船べりの席がある。

「おっ、ちょうど二幕目が始まるところだぞ」

左近が指さした。

ひときわ長身のおかみのおつるがのれんを出すところだった。

「おーい、おかみ」

角之進は声をかけた。

のれんを出し終えたおつるは初めこそいぶかしげな顔つきだったが、すぐだれか思い出した。

「まあ、飛川さまと春日野さま」

なには屋のおかみの声が弾んだ。

「つとめを終えて江戸へ戻ってきた。何かうまいものを食わせてくれ」

角之進は笑顔で言った。

「承知いたしました」

おかみの明るい声が響いた。

七

「今日は多めにつくりましたんで」

あるじの次平が笑みを浮かべた。

「名物の淀川丼（よどがわどん）だす」

料理人の新吉（しんきち）が船べりの席に膳を出した。

「おお、来た来た」

角之進が受け取る。

「味の旅の大トリだな」

左近がそう言ってさっそく箸をとった。

江戸では濃口醬油を用いた深川丼（ふかがわどん）だが、なには屋では上方（かみがた）の上等の薄口醬油を使った淀川丼だ。身のぷりぷりした青柳（あおやぎ）をだしと薄口醬油で煮て、糸蒟蒻（いとこんにゃく）を合わせる。薬味に葱（ねぎ）と青紫蘇（あおじそ）をかけた淀川丼はすっかりなには屋の名物料理となった。

「うまい。やっぱり江戸の味がいちばんだな」

角之進が笑みを浮かべた。

「もとは浪花の味だぞ、角之進」

左近がそう言ったから、なには屋に和気が満ちた。

「しばらく見ないあいだに大きゅうなったな」

角之進が奥の座敷で子をあやしているおつるに声をかけた。

「はい、おかげさまで」

おつるが笑顔で答えた。

跡取り息子の平蔵（へいぞう）は、いつのまにか赤子からわらべの面構え（つらがまえ）になってきている。

淀川丼を平らげたところで、常連客がのれんをくぐってきた。

「おお、これは。無事お戻りでしたか」

弾んだ声をあげたのは、行きに見送ってくれた菱垣廻船問屋富田屋（とんだや）のあるじの仁左衛門（にざえもん）だった。

「大変なつとめだったが、どうにか江戸に戻れた」

角之進は答えた。

ほどなく、南町奉行所の御神酒徳利（おみきどっくり）、垣添隼人（かきぞえはやと）与力と松木重三郎（まつきじゅうざぶろう）同心も顔を見せた。おつるの兄で、元は相撲（すもう）取りだった十手（じって）持ちの亀吉（かめきち）も付き従っている。

土産話をせがまれたから、ちょうど揚（あ）がった松茸の天麩羅を肴に呑みながら、勘どころを伝えることにした。

しかし……。

にわかには信じがたい話ばかりで、口から出まかせを言っていると思われても致し方がない。さてどう伝えればいいものか、角之進は迷った。

「まあ、ありていに言えば、鬼退治、なのだが……」

諸国廻りはそこで言いよどんだ。

「鬼のような藩主を退治したわけだな」

左近がうまく助け舟を出した。

「そ、そうだ。浪人者を城内に集め、真剣で戦わせたりしていた」

角之進は話をそのあたりに絞ることにした。

「飛川さまも戦われたんで？」

亀吉が剣を振るうしぐさをした。

「そうだ。面妖な流派の者ばかりであった」

角之進はあらましを伝えた。

「そして最後に、悪しき鬼のごとき藩主を成敗し、有為の若者に後を託して江戸へ戻ってきたわけだ」

左近が手際よくまとめた。

洞窟に巣食う鬼の話はいっさい伝えられることはなかった。

「それはそれはご苦労様でございました」

松木同心が酒をつぐ。

「さすがは諸国廻り、退治する相手が大きゅうございますな」

垣添与力が感に堪えたように言った。

「まあな」

角之進はしれっとした顔で答え、猪口の酒を呑み干した。

本当のことを伝えたら、どんな顔をするだろうか。

そう思ったが、「本当のこと」と思ってくれるかどうか怪しいかぎりだ。

べつに世に知られずともよかろう。

角之進はおのれの胸に収めておくことにした。

終章　次なる雲

一

「お帰りなさいまし」

おみつが笑顔で出迎えた。

小者の草吉がいち早く無事を伝えてくれていたから、驚きの色は浮かんでいない。

「ああ、やっと戻れた」

角之進は感慨をこめて言った。

「お帰りなさいまし、父上」

王之進がしっかりした口調であいさつした。

「おお、いい顔色をしておるな」

角之進はそう言って、わが子の頭をなでてやった。

土産の御守を渡すと、角之進は奥へ進み、両親にあいさつした。

「草吉から仔細は聞いた。大儀であったな、角之進」

まず主膳が労をねぎらった。

「はっ。どうにかつとめを果たしてまいりました」

角之進は頭を下げた。

「恐ろしきものと戦い、折伏したと聞いた。もはや日の本に諸国廻りの敵はおらぬな」

主膳は上機嫌だ。

「いえ、日の本の辺境にはいかに恐ろしきものが棲みついているか、このたびは身にしみて感じました。首尾よく成敗できたのは、神仏の御加護による僥倖でございます」

騎龍観音のありがたい顔を思い浮かべながら、角之進は両手を合わせた。

そのさまをみて、布津がうなずく。

「若年寄様によると、上様もことのほかお喜びだということだ」

主膳は伝えた。

「ありがたきことでございます。陸中閉伊藩の跡継ぎの件もありますゆえ、近いうちに言上に参りたいと考えております」

角之進は言った。

「そうしよう。大鳥居宮司の見立てによると、次なる怪しき雲も見えているようだ」

主膳は告げた。

「つ、次でございますか」

ややうろたえた様子で角之進は言った。

「さよう。八州廻りが江戸にいられる時はわずかだ。諸国廻りも長々と休んでいられるわけではないぞ」

父がクギを刺すように言った。

「は、はあ」

角之進はあいまいな顔つきで答えた。

「さりながら、足代わりになる船は、すぐには江戸に参りますまい。それまでは江戸でじっくり骨休めをしていなさい」

布津が穏やかな笑みを浮かべた。

「承知しました。王之進とも遊んでやらねばなりませんので」

角之進の顔にようやく笑みが浮かんだ。

二

翌る日――。

角之進の姿は団子坂のあまから屋の厨にあった。

「同じ小麦粉をこねてつくるものゆえ、うどんと変わり映えせぬのだがな」

いま伝授し終えた料理を手で示して、角之進が言った。

「いえいえ、みちのく名物の『ひっつみ』として明日にでも売り出しますので」

弟弟子の喜四郎が笑顔で答えた。

「ちょうど茸の旬だから、松茸などをふんだんに入れればよかろう」

角之進が言った。

「では、明日は松茸づくしにいたしましょう」

喜四郎は白い歯を見せた。

田楽屋という隠れた名店のあるじ、八十八から薫陶を受けた弟弟子だが、料理ではしくじりが多かった角之進よりはずっと手際がいい。この男に任せておけば安心だ。

「炊き込みご飯とひっつみにする？」

おかみのおはなが訊いた。

「そうだな。数が足りれば天麩羅もつければいい。ほかの茸も入れて茸づくしでもいいだろう」

喜四郎はよどみなく言った。

「なら、みなで舌だめしをしてくれ」

角之進が言った。

あまから屋は「あま」と「から」の二色の料理を出す。「から」では日替わりの中食の膳を供し、中休みのあとは酒と肴を出す。

一方、「あま」は甘味処だ。そちらの仕込みをしていた大助とおかやも舌だめしにやってきた。

大助はおはなの弟で、あまから屋のお運び小町をつとめていたおかやを見初めて夫婦になった。

「こりゃあ、素朴な味でいいと思いますよ」

大助がひっつみ汁を味わってから言った。

「うん、おいしい」

おかやも笑みを浮かべる。

「よし。ならば、このたびの諸国廻りのつとめはこれにて終わりだ」

角之進は戯(ざ)れ言(ごと)めかして言った。

ほどなく、習い事帰りの娘たちが「あま」のほうに入ってきた。

「あまあま餅二つと……」

「わたしは芋(いも)団子で」

娘たちは元気よく注文した。

甘味処の名物は、まずあまあま餅だ。きなこをふんだんに使った安倍川(あべかわ)餅と、つぶあんのあんころ餅が同じ皿に載(の)って出てくる。

芋団子も名物だ。里芋とうるち米を一緒に炊きこみ、平たい団子のかたちに丸めて平串を打つ。これをこんがりと焼いて、甘めの味噌を塗(ぬ)って焼き上げる。

「おれにも餅と団子をくれ」

角之進が手を挙(あ)げた。

「承知で」

大助が打てば響くように答えた。

「それから、団子は土産にするから何本か包んでくれ」

角之進はさらに言った。

「坊ちゃんへのお土産ですね？」

おはなが笑みを浮かべた。

「そうだ。今日は近場で縁日があるゆえ、帰ったら連れていくつもりだ」

角之進は白い歯を見せた。

そこへ、毛のふさふさした猫が二匹、競うようにしてやってきた。

「おう、もはやどちらが兄か分からぬのう」

角之進はそう言って、銀と白と黒の縞模様が美しい猫の首筋をなでてやった。

雄猫たちが競うように身をすりつける。

ふさふさした立派な尻尾をぴんと立てているのが兄の利小太。前より格段に大きくなり、毛も伸びた弟が富士太。どちらも元気そうだ。

「おお、おまえも達者だったか」

角之進は姿を現した母猫に声をかけた。

毛がふさふさした、たぬきという面妖な名の猫だ。もう一匹、きつね色をしたきつねも表で昼寝をしていた。四匹の猫はみな達者だ。

「くわー」

たぬきがひと声なく。

あまから屋におのずと和気が漂った。

「お待たせいたしました」

おかやが盆を運んできた。

あまあま餅と芋団子と茶だ。

「おう、久々だな」

角之進は笑みを浮かべた。

「ありがたいことに、お客さまがたからごひいきをいただいています」

おかやがよどみなく答えた。

「それなら、この先も大丈夫だ」

角之進はそう言って、安倍川餅を胃の腑に落とした。

「ただ、来年はおかやちゃんと競うように子を産むことになるもので、見世のほうに手が回るか心配で」

おはなが軽く帯に手をやった。

おはなとおかや、どちらのおなかにもややこが宿っている。来年はにぎやかなことになりそうだ。

「めでたいことではないか」

と、角之進。

「わたしと大助、それに、お運びの娘もそのうち雇いますので、まあなんとかなるでしょう」

秋刀魚の蒲焼きの仕込みをしながら、喜四郎が言った。

「そうだな。みなで力を合わせて気張ってくれ」

角之進は笑顔で言うと、今度はあんころ餅に箸を伸ばした。

三

その二日後――。

角之進は父の主膳とともに登城した。

諸国廻りとしてこのたびの首尾を報告する大事なつとめだ。

まずは若年寄の林出羽守忠英に会った。

「大鳥居宮司から知らせは受けていた。陸中閉伊藩を覆っていた暗雲が薄れたときには、宮司も愁眉を開いたらしい」

将軍の懐刀が言った。

「恐れ入ります」

つとめを果たした諸国廻りが答えた。

鬼退治の仔細を伝えても信じてもらえるかどうか、そのあたりを案じていたのだが、若年寄が話題にしたのは藩政の今後のことだった。まずそこを考えるのは切れ者の若年寄らしい。

角之進にとっては渡りに船だった。前藩主の遠縁に当たる古知屋掃部に後を託したことを告げると、若年寄は満足げな顔つきになった。

「ならば、このたびは一件落着だな」

「はっ」

角之進は気の入った返事をした。

「で、次なる雲のほうはいかがでしょう」

主膳が若年寄にたずねた。

「そちらも面妖な雲で、このたびの陸中閉伊とはまた趣が違う由。いささか判じがたいところがあるゆえ、さらに気を集めて吟味したいという宮司の話であった」

林忠英は答えた。

「なるほど」

主膳がうなずく。

「となると、しばらくは『待ち』でございましょうか」

角之進はたずねた。

「船の具合もあるゆえ、むやみに長い待ちにはなるまいぞ」

若年寄は渋い笑みを浮かべた。

「承知しました。で、その面妖な雲はいずこに」

角之進はいくらか身を乗り出した。

林忠英はひと呼吸おいてから答えた。

「能登（のと）の沖だ」

みちのくから船に乗って帰ってきたばかりだが、それはまたずいぶんと遠い。

「能登でございますか」

角之進が言った。

「正しくは、能登の沖だということだ。そこにただならぬ雲がかかっているらしい」

若年寄が説明した。

「ただの嵐の雲ではないわけですね？」

主膳が横合いから言った。

「さような雲は宮司の眼中にはない。このたびの陸中閉伊藩のように、ただならぬものでなければ」

若年寄の顔が引き締まった。

「ただならぬもの……」

鬼との戦いを思い浮かべて、角之進は半ば独り(ひと)ごちた。

「まあ、そのあたりは、宮司にさらに見立ててもらうことになっている。しばらく待っておれ」

林忠英は言った。

「はっ」

諸国廻りは頭を下げた。

四

その後は、黒書院にて将軍に謁見(えっけん)した。

「このたびも働きであったのう」

家斉が満足げに言った。

黒縮緬に着流しのいつものいでたちだが、齢を重ねてだいぶしわが目立ってきた。

「おかげさまでどうにか職責を果たすことができました」

角之進は実父でもある将軍に告げた。

「陸中閉伊藩の世継ぎの件は、出羽守から聞いた。鬼に変じた藩主と家老を成敗したそうではないか」

家斉はいくらか身を乗り出した。

「みちのくは闇の深いところにて、恐ろしきものが巣食っておりました」

信じてもらえるかと案じつつも、角之進は言った。

「鬼は山城に巣食っておったのか」

将軍がなおも問う。

「はい。山城の奥が洞窟になっており、八幡の藪知らずの闇が続いておりました。そこを棲み処とする鬼が藩を人知れず牛耳っていたのですが、このたび、土地の僧侶などの助けも得て、幸いにも調伏することができました」

角之進はそう報告した。

「そのような敵を調伏できるのは、日の本にただ一人の諸国廻りしかおらぬ。向後も励め、角之進」

家斉はあたたかい声をかけた。

「ははっ」

角之進の声に力がこもった。

ここで家斉が手を打ち合わせた。

小姓(こしょう)がしずしずと匣(はこ)を運んできた。

「褒賞(ほうしょう)をつかわす」

家斉が言った。

「ありがたき幸せに存じます」

角之進は一礼した。

匣に収められていたのは、小ぶりの茶碗だった。

角之進は少し拍子抜けしたような顔つきになった。

「織部(おりべ)の茶碗だ。百両くらいはするかのう、出羽守」

家斉は同席していた林忠英に訊いた。

「恐らくは」

若年寄が答える。

「ひゃ、百両……」

角之進は目を瞠(みは)った。

「ありがたき幸せに存じます」

主膳が先んじて頭を下げた。

「ありがたく存じます。家宝(かほう)にいたします」

角之進もあわてて続いた。

「飾っておかずともよい。それで飯を食え」

家斉の機嫌のいい声が響(ひび)いた。

五

「よし、気張って歩け」

角之進がわが子に言った。

おみつと王之進とともに両国(りょうごく)橋の西詰の茶見世で団子を食べたあと、橋の中ほどまで上るところだ。

今日はさほど風が強くない。大川の景色を眺(なが)めるにはちょうどいい日和だ。

「もうこのあたりで、父上」

　王之進が言った。

「そうだな。だいぶ見通しが良くなった」

　角之進は笑顔で答えた。

「能登はどちらのほうです？」

　王之進が突拍子もないことをたずねた。

「さあ、どちらのほうでしょう」

　おみつが小首をかしげた。

　まだいつ発つかは分からないが、次のつとめが能登であることは伝えておいた。

「まあ、おおよそあちらのほうかな」

　角之進が手で示した。

「あちらのほう」

　王之進が真似をする。

「いずれにせよ、菱垣廻船でぐるっと蝦夷地から廻らねばならぬ。江戸からいちばん遠いかもしれぬな」

　角之進は言った。

「陸地をまっすぐ進むわけにはまいりませんか」

おみつが素朴に問うた。

「街道があるわけではないからな。ことに冬場は雪山が立ちはだかる。船で迂回するよりほかになさそうだ」

角之進は答えた。

ことに、面妖な雲が漂っているのは「能登」ではなく「能登の沖」だ。いずれにせよ船で行くしかない。

「あっ、船」

王之進が下手を指さした。

光を弾きながら、荷を積んだ船が進んでいく。

「いずれ船にも乗せてやろう」

角之進は言った。

「能登へ行くのですか、父上」

王之進は驚いたように言った。

「もっと近場の物見遊山のお話よ」

おみつがほほ笑む。

「そうだ。行徳船などがいいかもしれぬな。次のつとめが終わればの話だが」
船を目で追いながら、角之進は言った。
「楽しみです、父上」
王之進の顔が輝いた。
この笑顔を見るために、また江戸に戻らねばならぬ。
つとめを果たして、戻らねばならぬ。
角之進は帯をぽんと一つ手でたたいた。
ちょうど日が差してきた。
おのれの影を見る。
両国橋の上に映し出された諸国廻りの影は堂々としていた。
むろん、人の姿だった。

[参考文献一覧]

『宮守村誌』(宮守村教育委員会)
石井謙治『和船Ⅰ』(法政大学出版局)
船の科学館編『菱垣廻船/樽廻船』(船の科学館)
柚木学編『日本水上交通史論集第四巻　江戸・上方間の水上交通史』(文献出版)
『復元・江戸情報地図』(朝日新聞社)
『柳生新陰流を学ぶ　DVD版』(スキージャーナル)

釜石市ホームページ
釜石維持出張所
遠野市場
SHIORI
One
郷土料理ものがたり

旅ぐるたび
小堀屋本店
江戸を支えた川の路

倉阪鬼一郎　時代小説　著作リスト

	作品名	出版社名	出版年月	判型	備考
1	『影斬り　火盗改香坂主税』	双葉社	○八年十二月	双葉文庫	
2	『深川まぼろし往来　素浪人鷲尾直十郎夢想剣』	光文社	○九年五月	光文社文庫	
3	『風斬り　火盗改香坂主税』	双葉社	○九年九月	双葉文庫	
4	『花斬り　火盗改香坂主税』	双葉社	一○年九月	双葉文庫	

No.	書名	出版社	刊行年月	文庫	備考
5	『人生の一椀　小料理のどか屋人情帖1』	二見書房	一〇年十一月	二見時代小説文庫	
6	『江戸迷宮　異形コレクション47』	光文社	一一年一月	光文社文庫	※アンソロジー
7	『倖せの一膳　小料理のどか屋人情帖2』	二見書房	一一年三月	二見時代小説文庫	
8	『結び豆腐　小料理のどか屋人情帖3』	二見書房	一一年七月	二見時代小説文庫	
9	『手毬寿司　小料理のどか屋人情帖4』	二見書房	一一年十一月	二見時代小説文庫	
10	『黒州裁き　裏町奉行闇仕置』 『裏・町奉行闇仕置　黒州裁き』	ベストセラーズ コスミック出版	一二年三月 一八年十月	ベスト時代文庫 コスミック・時代文庫	

11	『雪花菜飯　小料理のどか屋人情帖 5』	二見書房	一一年三月	二見時代小説文庫	
12	『面影汁　小料理のどか屋人情帖 6』	二見書房	一一年八月	二見時代小説文庫	
13	『大名斬り　裏町奉行闇仕置』 『裏・町奉行闇仕置　死闘一点流』	ベストセラーズ コスミック出版	一一年八月 一八年十二月	ベスト時代文庫 コスミック・時代文庫	
14	『あられ雪　人情処深川やぶ浪』	光文社	一一年十一月	光文社文庫	
15	『命のたれ　小料理のどか屋人情帖 7』	二見書房	一一年十二月	二見時代小説文庫	
16	『若さま包丁人情駒』	徳間書店	一三年二月	徳間文庫	

	タイトル	出版社	刊行年月	文庫	備考
17	『おかめ晴れ　人情処深川やぶ浪』	光文社	一三年五月	光文社文庫	
18	『夢のれん　小料理のどか屋人情帖　8』	二見書房	一三年五月	二見時代小説文庫	
19	『飛車角侍　若さま包丁人情駒』	徳間書店	一三年八月	徳間文庫	
20	『味の船　小料理のどか屋人情帖　9』	二見書房	一三年十月	二見時代小説文庫	
21	『きつね日和　人情処深川やぶ浪』	光文社	一三年十一月	光文社文庫	
22	『大江戸「町」物語』	宝島社	一三年十二月	宝島社文庫	※アンソロジー

23	24	25	26	27	28
『海山の幸　品川人情串一本差し』	『街道の味　品川人情串一本差し　2』	『希望粥　小料理のどか屋人情帖　10』	『大勝負　若さま包丁人情駒』	『宿場魂　品川人情串一本差し　3』	『一本うどん　八丁堀浪人江戸百景』
KADOKAWA	KADOKAWA	二見書房	徳間書店	KADOKAWA	宝島社
一三年十二月	一四年二月	一四年三月	一四年四月	一四年四月	一四年五月
角川文庫	角川文庫	二見時代小説文庫	徳間文庫	角川文庫	宝島社文庫

29	『大江戸「町」物語　月』	宝島社	一四年六月	宝島社文庫	※アンソロジー
30	『開運せいろ　人情処深川やぶ浪』	光文社	一四年六月	光文社文庫	
31	『心あかり　小料理のどか屋人情帖　11』	二見書房	一四年七月	二見時代小説文庫	
32	『大江戸「町」物語　光』	宝島社	一四年十月	宝島社文庫	※アンソロジー
33	『闇成敗　若さま天狗仕置き』	徳間書店	一四年十月	徳間文庫	
34	『名代一本うどん　よろづお助け』	宝島社	一四年十一月	宝島社文庫	

No.	書名	出版社	刊行年月	文庫
35	『江戸は負けず　小料理のどか屋人情帖　12』	二見書房	一四年十一月	二見時代小説文庫
36	『出世おろし　人情処深川やぶ浪』	光文社	一四年十二月	光文社文庫
37	『迷い人　品川しみづや影絵巻』	KADOKAWA	一五年二月	角川文庫
38	『ほっこり宿　小料理のどか屋人情帖　13』	二見書房	一五年二月	二見時代小説文庫
39	『笑う七福神　大江戸隠密おもかげ堂』	実業之日本社	一五年四月	実業之日本社文庫
40	『世直し人　品川しみづや影絵巻』	KADOKAWA	一五年五月	角川文庫

41	42	43	44	45	46
『もどりびと　桜村人情歳時記』	『江戸前祝い膳 小料理のどか屋人情帖 14』	『狐退治　若さま闇仕置き』	『ようこそ夢屋へ 南蛮おたね夢料理』	『ここで生きる 小料理のどか屋人情帖 15』	『あまから春秋　若さま影成敗』
宝島社	二見書房	徳間書店	光文社	二見書房	徳間書店
一五年五月	一五年六月	一五年八月	一五年十月	一五年十月	一五年十二月
宝島社文庫	二見時代小説文庫	徳間文庫	光文社文庫	二見時代小説文庫	徳間文庫

47	48	49	50	51	52
『天保つむぎ糸　小料理のどか屋人情帖16』	『まぼろしのコロッケ　南蛮おたね夢料理（二）』	『からくり成敗　大江戸隠密おもかげ堂』	『人情の味　本所松竹梅さばき帖』	『包丁人八州廻り』 『まぼろし成敗　八州廻り料理帖』	『ほまれの指　小料理のどか屋人情帖17』
二見書房	光文社	実業之日本社	コスミック出版	宝島社 コスミック出版	二見書房
一六年二月	一六年三月	一六年四月	一六年五月	一六年六月 二〇年五月	一六年六月
二見時代小説文庫	光文社文庫	実業之日本社文庫	コスミック・時代文庫	宝島社文庫 コスミック・時代文庫	二見時代小説文庫

53	54	55	56	57	58
『大江戸秘脚便』	『母恋わんたん　南蛮おたね夢料理（三）』	『国盗り慕情　若さま大転身』	『走れ、千吉　小料理のどか屋人情帖18』	『娘飛脚を救え　大江戸秘脚便』	『花たまご情話　南蛮おたね夢料理（四）』
講談社	光文社	徳間書店	二見書房	講談社	光文社
一六年七月	一六年八月	一六年十月	一六年十一月	一六年十二月	一七年一月
講談社文庫	光文社時代小説文庫	徳間時代小説文庫	二見時代小説文庫	講談社文庫	光文社時代小説文庫

59	『京なさけ　小料理のどか屋人情帖　19』	二見書房	一七年二月	二見時代小説文庫	
60	『料理まんだら　大江戸隠密おもかげ堂』	実業之日本社	一七年四月	実業之日本社文庫	
61	『開運十社巡り　大江戸秘脚便』	講談社	一七年五月	講談社文庫	
62	『上州すき焼き鍋の秘密　関八州料理帖』	宝島社	一七年五月	宝島社文庫	
63	『からくり亭の推し理』	幻冬舎	一七年六月	幻冬舎時代小説文庫	
64	『きずな酒　小料理のどか屋人情帖　20』	二見書房	一七年六月	二見時代小説文庫	

65	『桑の実が熟れる頃　南蛮おたね夢料理（五）』	光文社	一七年七月	光文社時代小説文庫	
66	『諸国を駆けろ　若さま大団円』	徳間書店	一七年八月	徳間時代小説文庫	
67	『聖剣裁き　浅草三十八文見世裏帳簿』	コスミック出版	一七年九月	コスミック・時代文庫	
68	『あっぱれ街道　小料理のどか屋人情帖 21』	二見書房	一七年十月	二見時代小説文庫	
69	『廻船料理なには屋　帆を上げて』	徳間書店	一七年十二月	徳間時代小説文庫	
70	『ふたたびの光　南蛮おたね夢料理（六）』	光文社	一八年一月	光文社時代小説文庫	

71	『決戦、武甲山　大江戸秘脚便』	講談社	一八年一月	講談社文庫	
72	『生きる人　品川しみづや影絵巻　完結篇』		一八年一月	DL Market	＊電子書籍
73	『江戸ねこ日和　小料理のどか屋人情帖　22』	二見書房	一八年二月	二見時代小説文庫	
74	『悪大名裁き　鬼神観音闇成敗』	コスミック出版	一八年三月	コスミック・時代文庫	
75	『廻船料理なには屋　荒波越えて』	徳間書店	一八年五月	徳間時代小説文庫	
76	『ゆめかない膳　南蛮おたね夢料理（七）』	光文社	一八年七月	光文社時代小説文庫	

No.	書名	出版社	刊行	判型	
77	『兄さんの味　小料理のどか屋人情帖　23』	二見書房	一八年七月	二見時代小説文庫	
78	『八丁堀の忍』	講談社	一八年八月	講談社文庫	
79	『風は西から　小料理のどか屋人情帖　24』	二見書房	一八年十月	二見時代小説文庫	
80	『廻船料理なには屋　涙をふいて』	徳間書店	一八年十一月	徳間時代小説文庫	
81	『よこはま象山揚げ　南蛮おたね夢料理（八）』	光文社	一九年一月	光文社時代小説文庫	
82	『ぬりかべ同心判じ控』	幻冬舎	一九年二月	幻冬舎時代小説文庫	

83	84	85	86	87	88
『千吉の初恋　小料理のどか屋人情帖25』	『八丁堀の忍（二）　大川端の死闘』	『人情料理わん屋』	『廻船料理なには屋　肝っ玉千都丸』	『裏・町奉行闇仕置　鬼面地獄』	『親子の十手　小料理のどか屋人情帖26』
二見書房	講談社	実業之日本社	徳間書店	コスミック出版	二見書房
一九年三月	一九年三月	一九年四月	一九年五月	一九年六月	一九年六月
二見時代小説文庫	講談社文庫	実業之日本社文庫	徳間時代小説文庫	コスミック・時代文庫	二見時代小説文庫

No.	書名	出版社	刊行年月	文庫	
89	『慶応えびふらい 南蛮おたね夢料理（九）』	光文社	一九年七月	光文社時代小説文庫	
90	『しあわせ重ね 人情料理わん屋』	実業之日本社	一九年十月	実業之日本社文庫	
91	『八丁堀の忍（三） 遥かなる故郷』	講談社	一九年十一月	講談社文庫	
92	『十五の花板 小料理のどか屋人情帖27』	二見書房	一九年十一月	二見時代小説文庫	
93	『裏・町奉行闇仕置 決戦隠れ忍び』	コスミック出版	一九年十二月	コスミック・時代文庫	
94	『夢の帆は永遠に 南蛮おたね夢料理（十）』	光文社	二〇年一月	光文社時代小説文庫	

No.	書名	出版社	刊行年月	文庫	備考
95	『見参、諸国廻り　天狗の鼻を討て』	徳間書店	二〇二〇年二月	徳間時代小説文庫	
96	『風の二代目　小料理のどか屋人情帖 28』	二見書房	二〇二〇年二月	二見時代小説文庫	
97	『夢あかり　人情料理わん屋』	実業之日本社	二〇二〇年四月	実業之日本社文庫	
98	『かえり花　お江戸甘味処　谷中はつねや』	幻冬舎	二〇二〇年六月	幻冬舎時代小説文庫	
99	『若おかみの夏　小料理のどか屋人情帖 29』	二見書房	二〇二〇年六月	二見時代小説文庫	
100	『潜入、諸国廻り　鬼の首を奪れ』	徳間書店	二〇二〇年八月	徳間時代小説文庫	

この作品は徳間文庫のために書下されました。

徳間文庫

潜入、諸国廻り

鬼(おに)の首(くび)を奪(と)れ

2020年8月15日 初刷

著者 倉阪鬼一郎(くらさかきいちろう)

発行者 小宮英行

発行所 株式会社徳間書店

東京都品川区上大崎三−一−一 〒141−8202
目黒セントラルスクエア

電話 編集〇三(五四〇三)四三四九
販売〇四九(二九三)五五二一

振替 〇〇一四〇−〇−四四三九二

印刷
製本 大日本印刷株式会社

ISBN978-4-19-894578-7 (乱丁、落丁本はお取りかえいたします)